De Cock en de moord in seance

A. C. Baantjer

De Cock
en de moord in seance

Fontein Paperback

Eerste druk 1981
Zeventiende druk 2001

ISBN 90 261 0167 8

Omslag: Studio Myosotis

1

Jennifer Jordan streek met haar hand over haar voorhoofd. Het was klam, bezweet. Ze voelde zich ook wat verward. Onzeker. Het was een gevoel van onbehagen, waarvoor ze geen redelijke verklaring kon vinden. Met haar scherp gehoor probeerde ze de geluiden in de kamer om haar heen te analyseren. Het geschuifel van voeten over het Berbertapijt, het murmelen van een gedempt gevoerd gesprek op de achtergrond bij het raam, het rinkelen van een porseleinen kopje schuin rechts voor haar op de grote ronde eiken tafel, waaraan ze zat.
Ze wist welke vrouwen er aanwezig waren. Ze kende hen allen van naam, ze kende de klank van hun stem, het ritselen van hun japon, de zoete geuren van hun parfum. Alleen met Christine, haar trouwe vriendin, onderhield ze engere banden. De anderen kende ze slechts oppervlakkig van de wekelijkse seances bij haar thuis. De jongeren had ze in haar leven nooit gezien. Van de ouderen herinnerde ze zich de gezichten.
Ze vroeg zich af hoe die gezichten uit haar herinnering waren veranderd. Hoe de gelaatstrekken waren verscherpt. Zoals bij haar. Wanneer ze met de gevoelige toppen van haar vingers rond haar ogen gleed, langs de lijnen van haar mond, dan ontdekte ze rimpels, oneffenheden in de eens zo gladde, strakke huid.
Zeventien jaar geleden was het begonnen. Het moment stond haar nog helder voor de geest. Het was een zonnige morgen in mei. Het ratelen van de wekker naast haar op het notehouten nachtkastje had haar uit een zoete sluimer gewekt. Toen had ze haar ogen geopend om, zoals ze elke morgen deed, minutenlang stil naar de zoldering te staren en te luisteren naar de vroege geluiden op de gracht. De geluiden waren er wel, intens, scheller dan ooit. Maar het wit tussen de zware zwarte balken aan het plafond was er niet. Het

bleef nacht. Een ondoordringbare duisternis. Eerst had ze zich er over verbaasd. Hoe het kon. Toen kwam de angst, gevolgd door paniek. Ze wist dat het daglicht links van haar door het smalle venster drong en ze voelde de tinteling van de prille zon op haar huid. Langzaam, heel langzaam kwam het besef, erkende ze de bittere realiteit. Het openen en sluiten van haar oogleden had geen effect. Er was geen wisseling van licht en donker. Ze zag niet meer. Ze was blind.
Ze tastte opzij naar de arm van Christine, haar vriendin.
'Zijn ze er allemaal?'
Christine boog zich wat naar haar toe.
'Zwarte Sophie is er nog niet,' sprak ze fluisterend. 'Dat is elke keer raak. Ze is altijd laat. We moeten feitelijk maar zonder haar beginnen. Het zou een les voor haar zijn.'
Jennifer Jordan glimlachte vertederend.
'We zullen toch maar op haar wachten. Ik heb Zwarte Sophie graag in de kring. Ze is zo stimulerend. Als zij er bij is, heb ik steeds goede contacten. Vorige week was ik er zelfs van overtuigd dat het astrale lichaam van oud-tante Emelie aanwezig was.'
Christine knikte.
'Het was een prachtige seance,' sprak ze plechtig. 'Heel mooi. Ik hoop, dat ook vanavond de geesten gewillig zijn. De voortekenen lijken mij gunstig. Misschien eens een echte materialisatie.'
Jennifer Jordan liet haar hoofd wat zakken.
'Dat is mij in al die jaren nog niet overkomen,' sprak ze wat bedrukt.
Christine lachte.
'Niet zo somber. Je bent een fantastisch medium. Iedereen erkent dat. Zelfs professor Ten Havelte heeft lovend over je gesproken.' Ze drukte de rug van haar hand tegen Jennifers wang. 'Hoe voel je je vandaag?' In haar stem sloop een lichte bezorgdheid.
Jennifer Jordan antwoordde niet. Haar gedachten gleden weer terug. Ze had die vreselijke werkelijkheid nooit aanvaard. Ze had nooit in haar blind-zijn berust. Zelfs nu nog niet, zeventien jaar later. Ze was alleen minder wanhopig dan toen. De jaren hadden haar geleerd met de duisternis te leven. Toch had ze de innerlijke zekerheid dat ze eens weer zou kunnen zien, dat haar blindheid even plotseling zou verdwijnen als ze was gekomen. Die zekerheid, die innerlijke overtuiging had haar de moed gegeven om

ondanks de vele teleurstellingen door te gaan. Tientallen malen had ze haar ogen laten onderzoeken. En steeds weer had men haar verzekerd dat de wetenschap nog niet ver genoeg was gevorderd om haar te kunnen helpen. Maar de laatste specialist, die zij op aanraden van verre kennissen had bezocht, had haar weer hoop gegeven. Hij durfde het aan, had hij gezegd, een gewaagde operatie, een drieste poging om de poorten van haar ogen opnieuw te openen voor het wonderlijke spel van licht en kleur. Het vreemde was dat het idee haar benauwde. Haar aanvankelijke blijheid werd overschaduwd door een aanzwellende angst, alsof ze bang was voor een waarheid, die er was, maar die ze nu niet kon zien.

Ze voelde hoe Christine haar arm beroerde.
'Zwarte Sophie is er.' Er was een ondertoon van ergernis. 'Ze is net binnengekomen. Als mevrouw haar mantel heeft uitgetrokken, kunnen we eindelijk beginnen. De anderen worden al ongeduldig.' Ze zweeg even. 'Je zou haar toch eens moeten berispen.'
Jennifer Jordan knikte gelaten.
'Zet Zwarte Sophie links naast mij aan tafel. Daar zat ze vorige week ook. Er ging toen een steunende kracht van haar uit.'
Ze hoorde hoe Christine zich wrevelig bewoog.
'Zoals je wilt,' sprak ze berustend. 'Die plaats is nog vrij. Wat dacht je? Zullen we de seance met kruis en bord openen?'
Jennifer Jordan richtte zich iets op en schoof haar handen uit de wijde mouwen van de glimmend zwarte toga die ze droeg. 'Dat is goed, Christine,' sprak ze beminnelijk. 'Dat lijkt mij een uitstekend idee.' Ze merkte, dat Zwarte Sophie zwaar hijgend links van haar plaats nam. Ze wachtte even tot haar ademhaling weer normaal was. 'Zijn we allen gezeten?'
Het antwoord was een licht gemurmel van alle kanten.
'Zijn de gordijnen goed gesloten? En is het licht voldoende gedempt?'
Christine knikte.
'Iedereen en alles is gereed.'
'Wanneer schenk je koffie?'
Christine boog zich naar voren en schoof het kruis over de tafel naar Jennifers handen.
'Na het kruis- en bordspel. Bij het binnenkomen hebben allen koffie gehad. Harry heeft de vuile kopjes net afgeruimd. Hij zal ze

weer wassen en klaarzetten voor straks. Hij heeft ook muziek uitgezocht.'
Jennifer Jordan knikte instemmend. Ze trok haar gezicht strak en stond op. Ze zag er indrukwekkend uit. Bijna sinister. De in-bleke huid van haar handen en haar gezicht contrasteerde fel met het zwart van haar toga. De blinde ogen staarden in het niets.
'Heeft iemand in de kring nog belangrijke mededelingen te doen? Laat haar nu spreken.'
Er was geritsel van een zijden japon aan de andere kant van de ronde tafel. Agatha van Keulen stond op. Ze vouwde haar handen devoot voor de borst. Op haar gerimpeld gelaat lag een smartelijke trek.
'Mijn zuster Martha,' begon ze zacht, 'is dinsdagnacht in alle rust gestorven.' Ze zweeg. Pas toen de stemmen waren verstomd, ging ze verder. 'Martha was moe en haar oude hart wilde niet meer. De tijd was te kort om u allen persoonlijk van haar heengaan te verwittigen. Slechts enkelen van u heb ik reeds in kennis kunnen stellen. De anderen krijgen nog persoonlijk bericht.' Ze keek rond; ontvouwde haar handen. 'Het is nu mijn verzoek aan het medium om vanmorgen te proberen met Martha in contact te komen. Ik zou graag willen weten hoe ze het nu maakt.'
Jennifer Jordan kuchte.
'Ik heb van de dood van Martha gehoord. Onze oprechte condoleanties. Ik ben er van overtuigd, dat het heengaan van uw zuster ons allen diep treft. Uw zuster Martha was altijd een trouw en gewaardeerd lid van onze kring. De gedachte aan haar dood stemt ons droevig.' Ze zweeg even; veranderde van toon. 'Het is echter niet mijn gewoonte om reeds kort na het overlijden de vluchtige geesten van dierbare gestorvenen op te roepen. Wij moeten hen de tijd gunnen om zich aan hun nieuwe, veranderde situatie aan te passen.'
Agatha van Keulen reageerde ongemeen fel.
'Ik heb het Martha gevraagd.' Haar hoge, schelle stem sloeg bijna over. 'In haar laatste ogenblikken heb ik haar hand vastgehouden en gevraagd of wij haar bij de volgende seance mochten oproepen... of ze bij ons wilde zijn.' Ze slikte. 'Mijn zuster Martha was bijzonder helder, kort voor haar dood. Ze knikte mij blij en bemoedigend toe en zei: vraag het Jennifer.'
Christine kwam haar blinde vriendin te hulp.

'Als Jennifer meent,' sprak ze zalvend, 'dat wij de geesten van pas gestorvenen niet mogen storen, dan dienen wij die mening te respecteren. Jennifer kent de geesten beter dan wij. Bedenk, dat wij alleen door haar de mogelijkheid hebben om contacten met het schimmenrijk te onderhouden.'
Zwarte Sophie stond op.
'Ik vind, dat Jennifer het moet proberen. Als Martha aan haar zuster de belofte heeft gedaan om zich na haar dood aan ons te manifesteren, dan zal zij dat zeker doen. Ze is Agatha veel verplicht. Agatha heeft bijna haar leven lang voor Martha gezorgd.'
Jennifer Jordan klemde haar lippen opeen.
'In het rijk der geesten,' reageerde ze scherp, 'heersen andere normen dan hier op aarde.'
Agatha van Keulen zwaaide met haar korte armen.
'Martha was ons altijd goedgezind,' riep ze luid. 'Dat zal haar geest ook zijn.'
Schuin rechts van Christine kwam Annette van Leeuwenhoek met een ruk van haar stoel overeind. Ze wreef het lange grijze haar uit haar gezicht.
Haar dunne lippen trilden.
'Wat is zo'n belofte waard,' riep ze geëmotioneerd. 'Wat betekent het als Martha zegt, dat ze zich na haar dood aan ons zal manifesteren? We kennen Martha toch allemaal. We weten hoe ze was. Ze heeft in haar leven meer dingen gezegd, uitspraken gedaan, die op z'n minst twijfelachtig waren.'
De kleine Agatha van Keulen snoof. Ze boog zich gespannen voorover. De rug gekromd. Haar donkerbruine ogen flikkerden kwaadaardig.
'Je wilt toch niet zeggen,' brieste ze, 'dat Martha in haar stervensuur loog?'
Annette van Leeuwenhoek antwoordde niet. Ze draaide zich van Agatha van Keulen weg en strekte haar arm in de richting van Zwarte Sophie.
'Een paar dagen voor haar dood heeft Martha mij opgezocht. Thuis. Speciaal om over jou te roddelen. De verschrikkelijkste dingen heeft ze gezegd. Ik wil haar beschuldigingen niet openlijk herhalen. Maar als Martha zich hier vanavond als geest aan ons durft te manifesteren, zou ik haar maar eens om opheldering vragen.' Het klonk bijna spottend.

Agatha van Keulen kookte van woede. Haar gezicht zag rood en haar handen leken klauwen.
'Martha zou ook over jou een aardig boekje kunnen opendoen,' snauwde ze. 'Vraag haar maar eens hoe jouw eerste man is overleden.'
Zwarte Sophie keek verschrikt naar Annette van Leeuwenhoek.
'Wat heeft Martha over mij gezegd?' vroeg ze toonloos.
Jennifer Jordan stak haar armen schuin naar voren in een bezwerend gebaar.
'Laten we dit subtiele onderwerp even rusten tot na of tijdens de koffie.' Haar stem had een cynische ondertoon. 'Ik stel voor, dat wij dan met elkaar gaan stemmen of wij de geest van Martha van Keulen zullen oproepen of niet. Hoewel ik er persoonlijk op tegen ben, sluit ik mij bij de meerderheid aan. Ik waarschuw alleen. Als ik jullie zo beluister, kan het consequenties hebben.'
Ze zuchtte diep en tastte naar het kruis voor zich op de tafel. Ze had bijzonder veel van deze seance verwacht. De resultaten van de vorige week leken dat te rechtvaardigen. Ze had zich ook goed voorbereid, maar de ordinaire ruzie tussen enige leden van de kring had haar uit haar concentratie gebracht. Ze voelde zich weinig mediatief. Het schimmige dodenrijk leek ver weg. De geesten onbereikbaar. Toch voelde ze in haar onmiddellijke nabijheid spanningen, het trillen van hartstochten, felle emoties. Er was iets gaande om haar heen... iets dramatisch... lugubers... iets dat ze niet in de hand had. Voor enkele ogenblikken hoopte ze vurig weer te kunnen zien... de gezichten om haar heen... de ogen, de monden, de expressie van haat, afgunst, moordlust.
'Pak het kruis,' gebood ze. Haar stem klonk veel harder dan ze bedoelde. 'Stel u open voor de komst en de wil van de geesten.'
Ze voelde hoe het kruis door de anderen werd opgenomen. Het schoof in hun handen heen en weer. Ze wist, dat de pen in het midden over het bord met het alfabet bewoog. Ze trachtte het kruis te sturen, zoals ze gewoon was te doen. Het lukte niet. Ze voelde hoe een kracht sterker dan zij de leiding had overgenomen.
'S', lispelde Christine naast haar, 'J', 'A', en nog eens 'A', dan een 'N'. De stem van Christine weifelde even. 'De oproep is voor Sjaan.' Er viel een stilte. Drukkend. Bijna tastbaar. 'Wie is Sjaan?'
Niemand uit de kring antwoordde.

Christine hijgde. 'Wie is Sjaan?' herhaalde ze.
Het bleef angstig stil en het kruis begon weer over het alfabet te dansen.
'S', lispelde Christine, 'T', 'E', 'R', 'F', 'T'.
Jennifer Jordan hoorde hoe de adem van haar vriendin stokte.
'Sjaan sterft,' riep ze geschrokken. Ze grinnikte vreugdeloos, als kon ze het niet vatten. 'Dat is het... dat is het bericht... Sjaan sterft.'
Jennifer Jordan liet het kruis uit haar handen vallen. Ze greep naar haar oren en gilde: 'Stop'. Het klamme zweet parelde op haar voorhoofd. 'Stop... er is een kwade geest in ons midden.' Ze zwaaide met haar armen, wild, onbeheerst. 'Jaag haar weg. Snel. Doe het licht aan... jaag haar weg.'
Harry Donkervliet kwam verschrikt uit de keuken hollen. Het licht floepte aan. Niemand sprak een woord. Niemand bewoog. Ze keken elkaar verbijsterd aan. Het duurde minuten. Lange minuten. Toen liet Jennifer Jordan zich weer op haar stoel vallen. De stemmen kwamen los en Christine wenkte om de koffie.
De vreemde gebeurtenissen in de seance hielden allen nog in de ban. Maar allengs werd men losser, minder bedrukt. Men vroeg zich openlijk af wat het vreemde bericht betekende, voor wie het bestemd was.
Plotseling greep Zwarte Sophie naar haar keel. Haar gezicht zwol op, rood, wanstaltig. Haar ogen werden groot, puilden bijna uit de kassen. Toen gleed ze opzij en plofte op het Berbertapijt.
Harry Donkervliet schoot toe en boog zich over haar heen. Toen hij weer overeind kwam, leek hij verstard.
'Sophie,' sprak hij hees, 'Sophie is dood.'

2

De al wat gammele politievolkswagen werd geparkeerd aan de wallekant tussen de bomen. Rechercheur De Cock van het bekende politiebureau aan de Amsterdamse Warmoesstraat stapte uit. Hij keek omhoog langs een fraaie oudhollandse grachtengevel. Vledder sloot de wagen af en kwam naast hem staan.
'Is het hier?' vroeg De Cock.

Vledder tastte in het borstzakje van zijn colbert en plukte er een notitie uit.
'Exact, nummer dertien.'
Ze staken de rijbaan over en bestegen de blauwstenen stoep. De zware buitendeur stond op een kier. Ze duwden haar verder open. Via een ruime, met marmer beklede hal bereikten ze een hardhouten trap. De Cock hees zijn negentig kilo moeizaam omhoog. Vledder volgde met lichte tred.
Op het portaal, boven aan de trap, stond Harry Donkervliet.
'U bent van de recherche?'
De grijze speurder schonk hem zijn beminnelijkste glimlach.
'De Cock,' sprak hij plechtig, 'om u te dienen.' Hij wees achter zich. 'En dat is Vledder, mijn onvolprezen hulp.'
Harry Donkervliet gebaarde wat zenuwachtig voor zich uit.
'Ze ligt in de voorkamer,' slikte hij. 'Op het tapijt. Op uw verzoek hebben wij aan de situatie niets veranderd. Ze ligt er nog net zo. Dood. Vermoord, denken wij, door een geest.'
De Cock keek verrast naar hem op.
'Door een geest?' vroeg hij ongelovig.
'Ja.'
'Wat voor een geest?'
Harry Donkervliet reageerde wat weifelend.
'De geest van een gestorvene. Ze manifesteerde zich tijdens de seance.'
De Cock snoof hoorbaar. 'Gestorvenen zijn in de hemel of in de hel,' sprak hij kriegel. 'En uit beide windstreken heb ik nog nooit een moordenaar zien komen.'
Vledder keek hem van terzijde aan.
'Ik heb je dat meer horen zeggen.'
'Dat kan best. Maar ik neem er geen woord van terug.'
Harry Donkervliet liep voor de rechercheurs uit. Aan het einde van de gang opende hij de deur naar een laag, intiem vertrek, gesteund door zware balken aan de zoldering.
Aan het einde van het vertrek, bij drie smalle ramen, stonden vrouwen, nerveus, angstig, in groepjes bijeen. Hun fluistergesprekken verstomden toen de rechercheurs binnenkwamen.
De Cock liet zijn blikken door het vertrek dwalen. De kamer was, naar zijn gevoel, smaakvol gemeubileerd. Aan de wanden, links en rechts, ontdekte hij schilderijen van de Franse impressionisten

Renoir, Monet, Toulouse-Lautrec, schilders voor wie hij al jaren een diepe bewondering koesterde.
In het midden van het vertrek nam een grote ronde eiken tafel, omringd door stoelen met hoge rugleuningen, een centrale plaats in. Hij telde er negen. Slechts een van de hoge stoelen was bezet. Stil, met haar handen voor zich op tafel, zat een blonde rijzige vrouw, gehuld in een glimmend zwarte toga. Links van haar stond een stoel wat schuin. Naast die stoel, op het Berbertapijt, lag het lichaam van een vrouw, op haar rug, de benen iets gespreid, het gezicht verstard, de grijsgroene ogen wijd opengesperd.
De Cock nam alles nauwkeurig in zich op. Geen detail, hoe gering ook, ontging hem. Hij had voor dergelijke situaties een bijna fotografisch geheugen. Jaren later kon hij zich zo'n beeld nog exact herinneren, gefixeerd in zijn geheugen.
Hij liep naar de vrouw toe en knielde bij haar neer. Ze was dood. Zonder twijfel. De zware make-up op haar gezicht kon de grauwe sluier niet verbergen. Hij bekeek de ogen. Ze waren groot, bol, en de pupillen waren duidelijk verwijd. Hij liet zijn blik nog eens over de gelaatstrekken glijden. Ze was niet zo jong meer. Hij schatte haar op midden in de veertig. Misschien nog wel ouder. Het haar, vermoedelijk reeds grijs, was diepzwart geverfd. Het stak fel af tegen het wit van het Berbertapijt. Haar kleding droeg geen sporen van een worsteling. Het donkerblauwe mantelpakje was van tweed, waaronder een paars-roze blouse met sierlijke volanten. Het zag er gedegen uit. Alleen de blouse was iets te frivool. Hij bezag haar hals. Er waren geen uiterlijke tekenen van geweld. Hij wilde zich juist oprichten, toen hij in het paars-roze van een van de volanten op de borst een klein vlekje ontdekte. Het was bruin en had een onregelmatige vorm, alsof bij het drinken was gemorst.
Vledder kwam achter hem staan.
'Is ze vermoord?'
De Cock legde een hand steunend op de eiken tafel en drukte zich omhoog. 'De stand van de pupillen wijkt af,' wees hij. 'Sterk verwijd. Ik denk aan psychoanaleptica stimulantia.'
'Aan wat?'
De Cock onderdrukte een lach.
'Een stimulerend middel, bijvoorbeeld pervitine, scopolamine of cocaïne.'
'Dat is toch niet dodelijk?'

De Cock schudde het hoofd. 'Niet direct. Ik denk, dat het is gebruikt in combinatie met iets anders.'
'Een zwaar vergif?'
De Cock knikte traag.
'Mogelijk. Sommige combinaties doen het vergif sneller werken. We moeten het maar eens aan doctorandus Eskes* vragen. Misschien kent hij voorbeelden uit de praktijk.'
'U vergist u.'
Het klonk scherp, bestraffend. 'De geesten hebben geen vergif nodig wanneer zij in hun toorn een aards wezen hebben verdoemd.'
De Cock keek in de blinde ogen van de vrouw in toga.
'Was zij verdoemd?' vroeg hij verwonderd.
Ze knikte heftig.
'Het was haar eigen schuld. Zwarte Sophie kwam steeds te laat op de seances. Het was de geesten niet welgevallig. Dat is nu wel duidelijk.'
De Cock fronste zijn wenkbrauwen.
'U bedoelt...?'
Uit een groepje bij de ramen snelde een vrouw toe.
'Dit is Jennifer Jordan,' sprak ze gehaast. 'Ons medium. Ze is blind.'
De vrouw in toga trok haar mond strak.
'Dat ziet de man ook wel, Christine,' sprak ze berispend. 'Daar behoef je waarachtig geen rechercheur voor te zijn. Bovendien zit ik hier niet als ooggetuige.'
De Cock kon een glimlach niet onderdrukken.
'U bent Christine?' vroeg hij vriendelijk.
De vrouw maakte een lichte buiging.
'Christine van der Waal. Ik ben vriendin, en in sommige gevallen ook de verzorgster van Jennifer. We wonen samen in dit huis.'
'En de jongeman die ons binnenliet?'
Ze glimlachte.
'Dat is onze Harry... Harry Donkervliet. Een neef van Jennifer. De enige zoon van haar gestorven zuster. Hij woont hier ook. Soms. Wanneer amoureuze aangelegenheden hem niet elders opeisen.'

*Befaamd politiedeskundige.

Jennifer Jordan reageerde scherp.
'Zijn privé-leven gaat jou niets aan.'
Christine van der Waal wierp haar hoofd in de nek.
'Sprak ik een onwaarheid?'
De Cock beluisterde de toon. Er was iets dat hem niet beviel. Hij hield zijn hoofd iets schuin en bekeek de vrouw voor hem aandachtig. Bijna onbeschaamd. Hij schatte haar op achter in de veertig. Het zwarte, reeds grijzende haar was strak naar achteren gekamd en eindigde in een wrong. Het ovale, niet onknappe gezicht, straalde van een vriendelijke welwillendheid. Warm, meelevend. Alleen haar ogen, haar kleine helgroene ogen, deden niet mee. Die waren koud, kil, als van een slang.
'U kunt ons vertellen wat hier vanmorgen gebeurde?'
Ze knikte traag.
'We hielden een seance,' begon ze. 'Dat doen we elke week. Op donderdag. Onze Jennifer Jordan is een voortreffelijk medium. Ze onderhoudt goede contacten met het schimmenrijk. Hoewel er spiritistische groeperingen zijn, die onze geestelijke instelling en benadering veroordelen, boeken wij vaak opmerkelijke resultaten. Op onze vorige seance hebben wij zelfs een astrale verschijning waargenomen. Onze verwachtingen voor vanmorgen waren dan ook hoog gespannen.'
De Cock gebaarde naar de hoge stoelen om de tafel.
'Wordt de kring altijd door dezelfde lieden gevormd?'
Christine van der Waal draaide zich half om en wees naar de groepjes vrouwen bij de ramen.
'We komen al jaren bijeen. Er zijn weinig mutaties, veranderingen. Velen van ons deden al mee, toen Jennifer nog kon zien. Nietwaar, Jennifer?'
De vrouw in toga knikte. Haar gezicht stond ernstig.
'Martha van Keulen is ons van de week ontvallen. Vrij plotseling, moet ik zeggen. Ze was nog spiritueel. Actief. Ik had het echt niet verwacht. Zo gauw. Vorige week was ze nog in ons midden. Haar zuster Agatha wilde dat wij vanavond de geest van Martha zouden oproepen. Ik was er tegen, maar Agatha en Zwarte Sophie drongen sterk aan.'
De Cock krabde zich verlegen achter in de nek.
'En,' vroeg hij wat weifelend, 'is de geest van Martha gekomen?'
Jennifer Jordan trok haar schouders hulpeloos op. 'Ik heb haar niet

opgeroepen. Er was een verschil van mening. We hebben toen afgesproken, dat wij over dat onderwerp later zouden stemmen. Tijdens of na de koffie.' Ze zuchtte diep. 'Zover zijn we niet gekomen. Zij stond het niet toe. Nog voor het tot een stemming kwam, had de kwade geest toegeslagen.'
De Cock slikte.
'Was het Martha?'
Op het gezicht van Jennifer Jordan kwam een smartelijke trek. 'Dat weet ik niet.'
'Een kwade geest?'
Ze knikte heftig.
'Ik heb haar aanwezigheid duidelijk gevoeld. Direct al bij het begin van de seance. Bij het kruis- en bordspel. Ze leek wel gematerialiseerd. Zo duidelijk manifesteerde de geest zich. Bijna tastbaar.'
Jennifer Jordan zuchtte opnieuw. Heel diep. Haar lange lichaam schokte. 'Ik heb het kruis onmiddellijk na de mededeling laten vallen en de seance beëindigd. De druk op mij was te groot geworden, te zwaar. Ik kon het niet meer dragen. Ik wist toen ook, dat het onheil onafwendbaar was.'
'U kon het niet voorkomen?'
Jennifer Jordan spreidde haar handen in wanhoop.
'Wie weerstaat de wil van een kwade geest?'
De Cock kneep even de ogen stijf toe. Het gesprek met het medium vermoeide hem bovenmate.
'Wat was het voor een mededeling?'
Jennifer Jordan strekte een bleke hand voor zich uit naar de ronde eiken tafel.
'De mededeling verscheen hier op het bord. Christine las hardop de letters, die het kruis op het alfabet aanwees. Ze vormden de woorden 'Sjaan sterft'.'
De Cock reageerde verwonderd. 'Wie is Sjaan?'
Christine van der Waal haalde haar schouders op.
'Dat heb ik ook onmiddellijk gevraagd, maar niemand in de kring reageerde. Ik ken ook in ons midden geen Sjaan.'
De Cock beroerde de zwarte toga.
'Die mededeling kwam van de kwade geest?'
Jennifer Jordan knikte.
'Beslist... geen twijfel mogelijk.'
'En was bestemd voor een van de aanwezige leden van de kring.'

Het medium weifelde zichtbaar.
'Dat eh... dat is wel gebruikelijk,' stamelde ze.
De Cock boog zich naar haar toe. Zijn gezicht stond strak.
'Een 'Sjaan' kent niemand,' sprak hij hard. 'Maar Zwarte Sophie sterft.'
Er viel een stilte. Intens. Beklemmend.
De Cock richtte zich op en keek de kamer rond. Vanaf een der ramen kwam een vrouw met statige tred naderbij. Voor hem bleef ze staan en wreef het lange grijze haar uit haar gezicht.
'Ik ben Annette,' sprak ze plechtig. 'Annette van Leeuwenhoek. Ik heb deze seance bijgewoond en ik kan u naar waarheid zeggen, dat aan de wil van de geesten is voldaan... Sjaan stierf.' Ze zweeg even; wees met een dramatisch gebaar naar de dode vrouw op het tapijt. 'Sjaan Streuffels... eens de vrouw van mijn broer.'

3

Dokter Den Koninghe, de oude, kleine en altijd wat excentrieke gemeentelijke lijkschouwer, stapte met korte driftige pasjes de kamer binnen. Achter hem torenden twee broeders van de geneeskundige dienst. Een brancard tussen hen in.
De Cock liep de lijkschouwer tegemoet. Vriendelijk glimlachend stak hij hem een hand toe. 'Het spijt me, dat ik u moest lastig vallen,' sprak hij verontschuldigend, 'maar ik heb er weer een.'
'Wat?'
De Cock spreidde zijn handen iets uiteen.
'Een dood lijk.'
Dokter Den Koninghe keek hem van over zijn halve brilletje bestraffend aan.
'Waarde vriend,' sprak hij geaffecteerd, 'lijken zijn altijd dood. Als ge het nog niet wist, mijn waarde, dat is nu eenmaal de essentie van een lijk.'
De Cock lachte hardop, maar besefte tegelijk dat zijn opgewektheid bij de leden van de spiritistische kring een vreemde indruk moest wekken. Hij trok zijn gezicht snel weer in een ernstige plooi en geleidde de oude dokter naar de vrouw op het tapijt.
Dokter Den Koninghe nam zijn grijze Garibaldi af en knielde bij

haar neer. Hij trok de kin van de vrouw iets omhoog en bekeek langdurig de hals. Zijn vingertoppen gleden over het achterhoofd. Daarna nam hij een kleine zaklantaarn uit zijn jaszak en bescheen de ogen. Pas na enige tijd kwam hij uit zijn gebukte houding omhoog. Op zijn gezicht lag een zorgelijke trek.

'De vrouw is dood,' sprak hij zacht.

Het klonk laconiek.

De Cock maakte een grimas.

'Dat had ik al begrepen,' mompelde hij. 'Ik vind alleen vreemd, dat ze er nog zo eh... zo gezond uitziet.'

Dokter Den Koninghe knikte.

'Je bedoelt de kleur van het gelaat?'

'Inderdaad.'

Dokter Den Koninghe boog zich nog eens naar voren.

'Hoogrood. Het duidt op een inwendige verstikking. Het bloed behoudt dan zijn helrode kleur.' Hij blikte om zich heen. 'Wat is dit? Een samenkomst?'

De Cock knikte.

'Dit zijn leden van een spiritistische kring. Er was hier een seance gaande. Men neemt hier algemeen aan, dat de vrouw door een kwade geest werd gedood.'

Dokter Den Koninghe keek naar hem op.

'En dat gelooft u?'

De Cock glimlachte.

'Niet direct,' zei hij ontwijkend. 'Ik zoek bij mijzelf nog naar een kwalificatie voor het begrip 'kwade geest'. Maar voorlopig interesseert mij meer hoe deze vrouw de dood vond.'

De lijkschouwer zette zijn hoed weer op. Daarna nam hij zijn metalen brilletje af, trok een witzijden pochette uit het borstzakje van zijn diepzwart colbert en veegde zorgvuldig de glazen schoon.

'Ik ben er vrijwel van overtuigd,' sprak hij, 'dat de ademhalingsfermenten, die de zuurstof in het bloed opnemen en verder leiden in het weefsel, werden verlamd.'

'En dat duidt op...?'

'Een gas... een vergif.'

'Welk?'

Dokter Den Koninghe schudde traag het hoofd.

'Dat kan ik niet zeggen,' reageerde hij wat wrevelig. 'Het is bij een oppervlakkige schouw moeilijk te beoordelen welke stof verant-

woordelijk is. Dat zal na een gerechtelijke sectie een toxicologisch onderzoek in een laboratorium moeten uitmaken.'
De Cock wreef over zijn kin. 'Het moet snel zijn gebeurd.'
'Hoe snel?'
De Cock gebaarde vaag.
'De vrouw zat hier met de anderen om de tafel. Als ik het goed heb begrepen... monter en wel. Er was althans niets dat er op wees dat zij iets mankeerde. Volgens de verklaringen greep ze plotseling naar haar hals, kreunde, viel van haar stoel en een korte tijd later was ze dood.'
Dokter Den Koninghe staarde nadenkend voor zich uit.
'Dat is inderdaad snel.'
De Cock trok zijn wenkbrauwen samen.
'Cyaankali?'
De lijkschouwer schudde zijn hoofd.
'In sommige detectiveromans wordt wel gesuggereerd dat cyaankali snel werkt,' zei hij peinzend. 'En dat doet het ook wel. Maar niet zo snel dat iemand direct dood neervalt. Tussen het innemen van het gif en het intreden van de dood liggen bij cyaankali gewoonlijk toch ongeveer dertig minuten.'
'Dertig minuten?'
'Inderdaad. Ik denk eerder aan een ander cyanide, die blauwzuurgas vormt.'
De Cock slikte.
'Pruisisch zuur.'
'Ja... cyaanwaterstofzuur.'
De Cock keek hem verwonderd aan.
'Ik heb niets geroken.'
'Je bedoelt de geur van bittere amandelen?'
'Ja... dat bedoel ik.'
Dokter Den Koninghe knikte bedachtzaam.
'De cyaanhoudende poeders, die tegenwoordig in de handel zijn,' sprak hij bijna afwezig, 'zijn uiterst fijnkorrelig. Ze vormen na bevochtiging vrijwel direct het beruchte blauwzuurgas of Pruisisch zuur. Het is ook zeer vluchtig en heeft inderdaad de geur van bittere amandelen.' Hij wees naar de dode vrouw op de vloer. 'Ze gebruikte een nogal zware parfum. Dan neem je andere geuren niet zo gemakkelijk meer waar. Ze worden overheerst.'
De Cock keek hem schuins aan.

'U bedoelt,' aarzelde hij, 'dat die geur van bittere amandelen er best kan zijn geweest?'
'Beslist.'
De blinde vrouw op de stoel naast hen bewoog onrustig.
'Die geur was er,' sprak zij gespannen, gehaast. 'Bittere amandelen. Ik weet het zeker. Ik rook het... ondanks haar parfum.'
De beide mannen draaiden zich verwonderd naar het medium in haar zwarte toga. 'U rook het?' reageerden ze vrijwel gelijktijdig.
Jennifer Jordan knikte heftig.
'Ik rook het,' herhaalde ze. 'Sinds ik het licht uit mijn ogen verloor, zijn mijn andere zintuigen merkbaar scherper geworden. Ik mag mij nu verheugen in een prima gehoor en een uitstekende reuk.'
De Cock boog zich naar haar toe.
'Wanneer rook u die bittere amandelen?'
Het medium stak haar rechterhand uit haar toga.
'Kort voordat Zwarte Sophie van haar stoel viel.' Ze weifelde even en draaide haar hoofd met de blinde ogen naar hem toe. 'Misschien... misschien was die geur er zelfs al eerder.'
'Hoeveel eerder?'
'Dat eh... dat weet ik niet. Wanneer u niet over die amandelgeur was begonnen, was ik er vermoedelijk aan voorbijgegaan. Het leek mij niet belangrijk. Het gebeurt wel meer, dat er plotseling geuren op mij afkomen.'
De Cock hield zijn mond vlak bij haar oor.
'Heeft u die geur in huis wel meer waargenomen?'
Jennifer Jordan reageerde verschrikt.
'Nee, nee. Zeker niet.'
Dokter Den Koninghe beende plotseling weg. Bij de deur bleef hij staan en draaide zich om. Zwierig, met een lichte buiging, nam hij zijn hoed af en zwaaide. 'Au revoir, bon ami,' riep hij bijna jolig. 'En mijn complimenten aan dokter Rusteloos.'
De Cock zwaaide terug, een grijns op zijn gezicht. Hij hield van die man.
Toen de lijkschouwer was verdwenen, wenkte hij de broeders van de geneeskundige dienst naderbij. Ze legden de brancard naast de vrouw op het Berbertapijt en schoven haar op het canvas. De oudste broeder keek op. 'Waar moet ze heen? Naar het sectielokaal?'
'Dat is goed.'

Ze tilden de brancard op en gingen de kamer uit. De Cock keek ze na. Hoeveel slachtoffers had hij hen zo, de brancard wiegend in hun handen, zien wegdragen? Honderden? Of waren het er meer? Het werd tijd, dat hij het eens bijhield.
Vledder kwam naast hem staan.
'Zal ik meegaan naar de Overtoom?'
De Cock knikte instemmend.
'Laat haar uitkleden. Tot op de huid. Kijk voor alle zekerheid het hele lichaam nog eens na op verwondingen. En wees voorzichtig met haar mooie paarse blouse. Er zit op de borst links in de volant een vlekje. Ik denk van koffie. Het zal wel te...' Ineens stokte hij. Verbijsterd blikte hij naar zijn collega op. Zijn gegroefd gezicht zag bleek. 'Koffie.' Hij slikte. 'Verdomme... koffie... ze kreeg koffie.' Hij draaide zich bruusk naar Christine van der Waal. 'Waar zijn de kopjes?'
De vrouw reageerde verwonderd. Onzeker.
'Wat eh... wat voor kopjes?'
De Cock snoof. Zijn neusvleugels trilden.
'Van de koffie... ze kreeg toch koffie?'
Christine van der Waal gebaarde wat vaag naar het eind van de kamer. Haar hand trilde als een espeblad.
'In eh... in de keuken.'
De Cock sprintte de kamer uit naar de lange gang. Vledder en de vrouwen van de kring keken hem na. Verbaasd. Geamuseerd. De Cock in draf was een koddig gezicht.
Hijgend bereikte hij de keuken. Verslagen bleef hij halverwege staan en kneep zijn ogen even toe. In de granieten gootsteen, in een gele plastic afwasbak, in ruim, nog schuimend sop, lagen tien porseleinen koffiekopjes.

De Cock beende door de grote recherchekamer van het bureau Warmoesstraat heen en weer. Dreunend. De anders zo dartele lijnen in zijn vriendelijk gezicht stonden strak. Hij klemde zijn lippen op elkaar en sloeg met zijn vlakke hand tegen zijn voorhoofd.
'Stom,' brulde hij. 'Gewoon hartstikke stom. Ik vergeef het mezelf nooit. Ik heb me door dat gewauwel van die wijven over kwade geesten laten afleiden. Ik had veel eerder aan die verdomde koffiekopjes moeten denken.' Hij sloeg zich opnieuw voor het hoofd.

'Toen ik dat bruine vlekje op haar blouse ontdekte, had ik meteen moeten reageren.'
Vledder kwam van achter zijn bureau vandaan.
'Had je ze niet uit het sop kunnen halen?'
De Cock bleef bij hem staan en schudde zijn hoofd.
'Het had weinig zin meer. Volgens Harry Donkervliet had hij de koffiekopjes eerst onder de kraan afgespoeld en toen in het sop gezet. De kans, dat daarna nog sporen van vergif gevonden kunnen worden, lijkt mij te verwaarlozen. Ik durfde ons gerechtelijk laboratorium er niet mee te belasten. Ik was ook bang, dat die sterk geconcentreerde afwasmiddelen van tegenwoordig een resultaatvervalsende invloed zouden hebben op de uitslag.'
Vledder knikte.
'Ik begrijp het. Je wilt later de advocaat niet de kans geven er zijn voordeel mee te doen.'
De Cock knikte traag.
'Ik wacht na de gerechtelijke sectie liever het toxicologisch onderzoek af van urine en maaginhoud.' Hij zuchtte. 'Het is jammer. Ik had anders juridisch gezien wat steviger in mijn schoenen gestaan.'
Vledder keek naar hem op.
'Vind je het niet vreemd, dat Harry Donkervliet de kopjes zo snel afruimde en afwaste?'
De Cock grinnikte vreugdeloos.
'Ik mag het gerust vreemd vinden, maar wat bewijs ik er mee? Harry Donkervliet is nu eenmaal een nette jongen, die niet graag de vuile boel laat staan.' Hij schudde triest zijn hoofd. 'Je kunt het hém moeilijk kwalijk nemen, dat hij niet direct het verband zag tussen de koffie en de snelle dood van Zwarte Sophie.'
Vledder leunde tegen zijn bureau.
'Je bent er van overtuigd, dat het vergif inderdaad door de koffie werd gemengd?'
De Cock knikte.
'Aangenomen, dat Zwarte Sophie inderdaad door vergif stierf. En daar heeft het alle schijn van. Dan moet het door middel van de koffie zijn toegediend. Er is vrijwel geen andere mogelijkheid. En dat dan tijdens de tweede maal.'
Vledder fronste zijn wenkbrauwen.
'Tweede maal?'
De Cock stak twee vingers van zijn rechterhand omhoog.

'Er werd tweemaal koffie geserveerd. De eerste keer voordat de seance begon en de tweede maal na het kruis- en bordspel met de onzalige mededeling dat Sjaan zou sterven. Zwarte Sophie kwam tot ongenoegen van Christine van der Waal en Jennifer Jordan te laat binnen. De kopjes van de koffie vóór de seance waren toen al opgeruimd.'
Vledder knikte traag.
'Je hebt gelijk.' Hij zweeg even en keek zijn leermeester nadenkend aan. 'Ik geloof niet, dat wij behoeven te wanhopen. Volgens mij moeten wij ook deze zaak gemakkelijk kunnen klaren. Het is duidelijk, dat een van de leden van die spiritistische kring het vergif heeft toegediend. Gezien de snelle werking van het gif is er geen andere mogelijkheid. In dat huis aan de gracht waren op het moment van de moord slechts negen vrouwen en één man aanwezig. Ik heb dat voor alle zekerheid nog eens gecontroleerd. Zwarte Sophie stierf. De groep van verdachten blijft dus beperkt tot één man en acht vrouwen.' Hij zweeg even en stak zijn handen naar voren. 'Waarom zouden we niet onmiddellijk toeslaan en arresteren we die Harry Donkervliet? Van alle aanwezigen in dat huis had hij de beste gelegenheid. Hij deed aan de feitelijke seance niet mee. Er was dus niemand, die op hem lette. De koffie van na het kruis- en bordspel heeft hij gezet en opgediend. Hij is degene, die het vergif ongezien door de koffie heeft kunnen mengen. Het zou ook verklaren, waarom Harry de kopjes later zo snel afruimde en afwaste.'
De Cock keek hem bewonderend aan.
'Heel goed,' sprak hij lovend. 'Ik vind dit een duidelijk betoog. Een haarscherpe analyse. Er valt weinig tegen in te brengen.' Hij schudde zijn hoofd. 'Toch wil ik wachten. Ik acht het nog te vroeg om nu al tot arrestatie over te gaan. Moord vraagt een motief. Welk motief had onze Harry Donkervliet. Voor zover wij kunnen nagaan...'
Er werd nadrukkelijk op de deur geklopt. Vledder weifelde even. Toen riep hij: 'Binnen.'
De deur werd ruw opengetrokken. Het ribbelglas in de sponningen rinkelde. In de brede deuropening verscheen een kleine, al wat oudere vrouw. Ze droeg een glimmend zwarte mantel van vele modes terug. De revers en de mouwen waren bijna groen. Nonchalant, bijna achter op haar hoofd, bungelde wat verfomfaaid een

gele strooien hoed met kleurrijke veldbloemen op de rand. De beide rechercheurs herkenden haar direct.
De Cock liep op haar toe en stak haar beminnelijk een hand toe.
'Agatha van Keulen,' zei hij gedragen, 'wat verschaft ons het genoegen van uw komst?'
Ze trok haar mond strak.
'Het is geen genoegen,' sprak ze bits. 'Fratsen. Het is helemaal geen genoegen. Ik heb een missie. Ik kom hier om een schande uit te wissen.'
'Welke schande?'
Ze stak haar spitse kin iets naar voren. Strijdlustig. Rond neus en lippen verscheen een venijnige trek.
'De schande van Sophies dood,' riep ze fel. 'Het is ronduit een schande, dat ze om zeep werd geholpen.'
De Cock leidde haar zachtjes naar de stoel naast zijn bureau. 'Ik ben het volkomen met u eens,' sprak hij kalm, ernstig. 'Dat is inderdaad een schande. We dienen het leven van onze medemensen te respecteren. Ik verzeker u dan ook, dat wij onze uiterste best zullen doen om de moordenaar te ontmaskeren.'
Ze schonk hem een meelijwekkend lachje.
'Ik ben bang, dat dat niet genoeg is.' Ze schudde droef haar hoofd. 'Ik heb ook, eerlijk gezegd, niet zoveel vertrouwen in jullie methoden. Er blijven mij te veel moorden onopgelost.'
De Cock slikte.
'Mijn collega Vledder en ik hebben een goede staat van dienst,' sprak hij geduldig. 'Wij kunnen beiden bogen op grote successen.'
Ze schudde opnieuw haar hoofd. Nadrukkelijk.
'U zult haar niet ontmaskeren. Dat kunt u niet.' In haar krakerige stem klonk minachting. 'Daarvoor is zij te arglistig, te sluw. Het zal niet de eerste keer zijn, dat ze ongestraft een moord pleegt.'
De Cock kneep zijn ogen half toe.
'Over wie hebt u het?'
Agatha van Keulen boog zich naar hem toe. Haar gerimpeld gelaat met de kleine felle oogjes was dichtbij.
'Over de moordenares... het serpent, dat Zwarte Sophie wat vergif te slikken gaf.'
De Cock likte aan zijn droge lippen.
'U weet wie het deed?'
Op haar gelaat verscheen een wrange grijns.

'Of ik het weet.' Ze sloeg met een vuist op haar magere borst. 'Hier... hier in mijn hart is geen twijfel. Ze is een duivels wijf... van de ratten besnuffeld.'
'Wie?'
Ze wierp hem een verachtelijke blik toe. 'Die Annette... die Annette van Leeuwenhoek. En ze weet hoe je het moet doen.'

4

De Cock stond op en liep heen en weer. Na een poosje bleef hij staan en keek vanuit de hoogte op de vrouw neer. Het strooien hoedje, vond hij, stond haar bespottelijk.
'Dat is een zeer ernstige beschuldiging,' sprak hij somber. 'Ik mag aannemen dat u zich realiseert wat u zegt.'
Agatha van Keulen keek naar hem op. De blik uit haar kleine, haast verscholen ogen, was nog even fel als tevoren. Ze klemde de dunne lippen op elkaar.
'Natuurlijk weet ik dat,' reageerde ze scherp. 'Ik ben niet kinds. Ik kom hier niet om verhaaltjes te vertellen. Annette van Leeuwenhoek heeft heel koelbloedig haar eerste man vermoord. Ze knoeide al een tijdje heel openlijk met de vent met wie ze nu is getrouwd. Maar haar eigen man was veel te goedig... een sul die van geen scheiding wilde weten.'
'Dus moest hij verdwijnen.'
Ze lachte wat vals.
'Goed geraden, meneer de rechercheur. Ze had haar zinnen op die andere vent gezet. Met hem wilde ze naar het stadhuis. Daarom moest haar eigen man de laan uit en toen hij niet vrijwillig wenste te verdwijnen, hielp ze hem een handje. Begrijpt u, rechercheur? In nog geen week had ze hem heel koeltjes naar een andere wereld geholpen.'
'Hoe weet u dat?'
Ze strekte haar vinger naar de hemel.
'Van mijn eigen zuster Martha. Ze is mij van de week ontvallen.' Haar hand gleed kruisend over haar borst. 'God hebbe haar ziel. Een paar dagen voor ze stierf, heeft ze mij alles verteld.'
De Cock fronste zijn wenkbrauwen.

'En hoe kwam uw zuster Martha aan die wetenschap?'
Agatha van Keulen verschoof iets op haar stoel en grinnikte als een prille tiener.
'Van Zwarte Sophie... die wist het. Die wist alles... van haver tot gort. Zij was met de broer van Annette van Leeuwenhoek getrouwd en heeft het sterven van Annettes eerste man van zeer nabij meegemaakt.' Ze grijnsde met een scheve mond. 'Begrijpt u nu, meneer de rechercheur, waarom ze moest sterven? Zwarte Sophie vertelde aan een ieder, die het maar horen wilde, dat Annette van Leeuwenhoek haar eerste man had vermoord.'
De Cock keek haar geschrokken aan.
'Hoe lang is dat geleden?'
'Twaalf jaar.'
'Waarom deed Zwarte Sophie geen aangifte bij de politie?'
Agatha van Keulen snoof minachtend.
'De politie? Wat heeft dat voor zin? Ze is een keer aan het bureau Warmoesstraat geweest, maar niemand wilde echt serieus naar haar luisteren.'
De Cock veinsde de opmerking niet te hebben gehoord. Dergelijke kritiek, zo wist hij, was vaak ongegrond. Nadenkend wreef hij zich achter in de nek.
'Hoe eh... hoe heeft Annette van Leeuwenhoek het gedaan?' vroeg hij na een poosje.
Agatha van Keulen zwaaide theatraal.
'Net als bij Zwarte Sophie... een beetje vergif.'

Toen de kleine en bovenal venijnige Agatha van Keulen was vertrokken, viel er in de recherchekamer een diepe stilte. De Cock steunde met zijn ellebogen op zijn bureau. Zijn hoofd steunde in het kommetje van zijn handen. Zijn gezicht stond somber. Diepe denkrimpels kronkelden over zijn voorhoofd.
'Wie zou er nu belang bij hebben gehad,' verzuchtte hij, 'dat Zwarte Sophie voor eeuwig zweeg?'
Vledder grinnikte uitbundig.
'Als we die vraag konden beantwoorden,' reageerde hij olijk, 'was de zaak opgelost.'
De Cock keek hem secondenlang aan.
'Je bent vandaag bijzonder scherp,' sprak hij langzaam. 'Ik ben aan vakantie toe. Ik voel het. Ik zal commissaris Buitendam voor-

stellen, dat jij die moord verder alleen klaart.'
Vledder trok een beteuterd gezicht.
'Zo scherp ben ik nu ook weer niet,' mompelde hij geschrokken.
De Cock glimlachte fijntjes.
'Wanneer is de sectie?'
'Morgenochtend om elf uur. Dokter Rusteloos kon niet eerder komen. Het was druk in het land, zei hij. Er was nog een sectie in Den Bosch, die hij niet kon uitstellen.'
De Cock knikte begrijpend.
'Moord,' sprak hij cynisch, 'ook in ons land een bedrijf zonder malaise.' Hij keek naar Vledder. 'En de blouse van Zwarte Sophie is naar het laboratorium?'
'Ja. Doctorandus Eskes was alleen bang, dat het bruine vlekje te gering is voor een analyse. Hij beloofde het toch te proberen.'
De Cock leunde achterover en tilde zijn benen op zijn bureau.
'We zijn het onderzoek niet florissant gestart,' sprak hij somber. 'Wat weten we feitelijk van die Zwarte Sophie. Ik bedoel, buiten het gegeven, dat ze bij de Burgerlijke Stand blijkbaar als Sjaan Streuffels staat geboekt? Heeft jouw onderzoek nog iets opgeleverd?' Vledder trok zijn notitieboek uit zijn binnenzak.
'Volgens mijn inlichtingen werd ze tweeënveertig jaar geleden in de Amsterdamse Pijp geboren als dochter van een echte, maar veelal bezopen orgeldraaier en een moeder, van wie werd gezegd dat zij zelfs tijdens haar zwangerschappen nog de prostitutie bedreef.'
De Cock streek door zijn haar. 'Dat is nogal wat.'
Vledder knikte. 'Het was een puur asociaal gezin.'
De Cock schudde triest zijn hoofd.
'De aanduiding Zwarte Sophie doet mij vermoeden, dat ook onze Sjaan Streuffels het rosse leven niet schuwde.'
Vledder stak afwerend zijn hand op.
'Zover zijn wij nog niet. Als jong meisje viel ze op door haar uitbundige vormen.' Hij grinnikte. 'Het moet werkelijk heel bijzonder zijn geweest. Vermoedelijk daardoor werd ze als exclusieve serveerster geëngageerd voor een van die tenten aan het Thorbeckeplein. Daar heeft ze jaren gewerkt. Pas op haar zevenentwintigste trouwde Sjaan Streuffels met Charles van Leeuwenhoek, toen een wilde jongeman, die op kosten van zijn zeer gefortuneerde vader als playboy en eeuwige student door het leven dartelde.'

'De broer van Annette.'
Vledder knikte.
'Precies... de broer van Annette. Het was een stormachtig huwelijk, dat na vijf jaar schipbreuk leed toen Charles, naar zijn zeggen, zijn jonge vrouw bij een buitenechtelijke escapade vrijwel op heterdaad betrapte. Hij stuurde haar onmiddellijk de laan uit.'
'En het huwelijk werd ontbonden?'
Vledder schudde zijn hoofd.
'Nee. Dat is gek. Het huwelijk is nog steeds van kracht. Het schijnt, dat Sjaan zich steeds met hand en tand tegen een scheiding heeft verzet.'
'Waarom?'
Vledder maakte een hulpeloos gebaar.
'Ze zei altijd dat ze de naam Van Leeuwenhoek zo mooi vond... te mooi om er ooit afstand van te doen.'
'Dat was cynisch bedoeld?'
Vledder grinnikte.
'Mogelijk. Ik heb daar niet naar geïnformeerd. Ik denk dat ze die naam wilde behouden ten behoeve van het kind.'
De Cock keek verrast op.
'Het kind?'
Vledder knikte.
'Een zoon. Richard. De jongen is nu een jaar of veertien.'
'Een kind van Charles?'
Vledder glimlachte. 'Zo staat het in de onverbiddelijke registers van de Burgerlijke Stand.'
'Waar is die jongen?'
Vledder haalde zijn schouders op.
'Dat weet niemand. Sjaan heeft hem altijd voor de familie Van Leeuwenhoek verborgen gehouden. Niemand kon mij ook zeggen hoe die jongen er uitziet.'
De Cock maakte een grimas.
'Als ik alles zo hoor, dan kan ik mij voorstellen dat Annette van Leeuwenhoek het niet erg op haar schoonzuster had begrepen.'
Vledder knikte instemmend.
'Dat was ook zo. Maar volgens Christine van der Waal was Annette 'te veel dame' om uiterlijk iets van haar afschuw te doen blijken. Zo kon het gebeuren, dat beiden lid werden van dezelfde spiritistische kring.'

De Cock kauwde op zijn onderlip.
'Wat deed Sjaan na haar breuk met Charles?'
Vledder raadpleegde zijn notities.
'Ze heeft daarna tal van verhoudingen gekend. Vluchtige relaties. Meestal van korte duur. Ik denk, te kort om de namen van de betrokkenen nog te kunnen achterhalen. Maar ze leefde nu al bijna acht jaar onafgebroken in concubinaat met een invalide bouwvakker, van wie bij ons in de administratie niets nadeligs bekend is.'
De Cock trok een bedenkelijk gezicht.
'Hoe heet hij?'
'Gerard... Gerard van Klaverbeek. Hij is zevenenveertig jaar. Ze wonen al geruime tijd in het dorpje Landsmeer, in de Vossestaartstraat. Een vrij nieuwe wijk met eengezinshuizen.'
'Waar leefden ze van?'
'Hij heeft een invaliditeitsuitkering ingevolge de WAO. Die is slechts gering. Zwarte Sophie spijkerde bij. Ze had een vaste klantenkring opgebouwd van eenzame oudere heren die zij, uiteraard tegen vergoeding, op gezette tijden met een bezoek vereerde.'
De Cock glimlachte.
'Ik vermoedde al zoiets. De heertjes zullen nu tevergeefs verlangend naar haar uitzien.' Hij zweeg even en keek zijn collega bewonderend aan. 'Hoe kom je aan al die wijsheid?'
Vledder glunderde.
'Van Mathilda van Lochem.'
'En wie is Mathilda van Lochem?'
Vledder wuifde wat nonchalant.
'Een pientere dame. Zeer geïnteresseerd. Het type Miss Marple. Ze is een van de leden van de spiritistische kring. Je moet beslist eens met haar gaan praten. Ze is erg spraakzaam.'
De Cock fronste zijn wenkbrauwen.
'Denkt ook die Mathilda van Lochem, dat Annette van Leeuwenhoek die moord heeft gepleegd?'
Vledder weifelde.
'Daar heb ik niet met haar over gesproken. Ik heb alleen naar de achtergronden van Zwarte Sophie geïnformeerd. Dat leek mij belangrijk. Uiteindelijk ligt in haar leven ergens het motief voor de moord.'
De Cock zuchtte omstandig. 'Ik heb het afschuwelijke gevoel, dat deze affaire veel dieper steekt dan wij vermoeden.'

Vledder keek naar hem op.
'Zou Zwarte Sophie inderdaad met haar verhaal bij de recherche aan de Warmoesstraat zijn geweest?'
'Je bedoelt die beschuldiging, dat Annette van Leeuwenhoek haar eerste man heeft vergiftigd?'
'Precies.'
De Cock haalde zijn schouders op.
'We zouden aan Ad van Ishoven kunnen vragen of hij onze administratie wil omspitten. Maar ik kan het nauwelijks geloven. Welke rechercheur zou een dergelijke informatie voor kennisgeving aannemen?'
Vledder strekte zijn hand naar hem uit.
'Het zou, zoals Agatha van Keulen zei, een motief voor moord kunnen zijn.'
De Cock keek hem verbaasd aan.
'Na twaalf jaar?'
'Hoe bedoel je?'
De Cock spreidde zijn handen.
'Zwarte Sophie heeft twaalf jaar de gelegenheid gehad om overal rond te bazuinen, dat haar schoonzuster een moord heeft begaan... zou Annette van Leeuwenhoek nu plotseling...' Hij maakte zijn zin niet af. 'Er kunnen andere motieven zijn, die wij nu nog niet kennen.' Hij zweeg even. 'Uit de historie van de misdaad is overigens wel gebleken dat iemand die eens met succes een ander met vergif om het leven heeft gebracht, ook voor een nieuwe moord met gif niet terugschrikt.' Hij grinnikte vreugdeloos. 'Men zou kunnen zeggen dat het verslavend werkt. Alle grote gifmengsters uit het verleden hadden een kerkhof vol slachtoffers.'
Vledder lachte.
'Wat doen we met die openlijke beschuldiging van Agatha van Keulen? Ik denk, dat we die moeilijk kunnen negeren.'
De Cock boog het hoofd en wreef in zijn ooghoeken van vermoeidheid.
'Je hebt gelijk. Wij zijn vrijwel verplicht om te onderzoeken of Annette van Leeuwenhoek inderdaad haar eerste man vermoordde.'
'Na twaalf jaar?'
De Cock knikte langzaam.
'Het is nog niet verjaard. Nog lang niet. Annette van Leeuwenhoek

kan nog steeds gerechtelijk worden vervolgd. De vraag is alleen... kunnen we het nog bewijzen?'
'Exhumering?'
De Cock trok een bedenkelijk gezicht.
'Dat is niet zo eenvoudig. We moeten al over redelijke aanwijzingen beschikken... sterke verdenkingen... voordat een officier van justitie toestemming geeft het lijk van haar man op te graven. Bovendien zou je dan feitelijk vooraf al moeten weten welk vergif er werd gebruikt.'
'Hoezo?'
De Cock gebaarde.
'Bij vergiften die snel uit het lichaam verdwijnen,' legde hij uit, 'heeft een exhumering geen zin. Je moet een redelijke kans hebben, dat je sporen van het gebruikte vergif in de stoffelijke resten van het slachtoffer kunt terugvinden.'
Vledder bracht zijn handen naar zijn hoofd.
'Ik geloof dat we weer diep in de misère steken.'
De Cock leunde ver achterover, tilde zijn benen van het bureau en stond op. Vertrouwelijk legde hij zijn hand op de schouder van zijn collega.
'Dat, m'n jong,' sprak hij glimlachend, 'is subtiel geformuleerd. Als de voortekenen niet...'
De deur van de recherchekamer vloog open en commissaris Buitendam stormde binnen. Zijn witzijden sjaal hing verfomfaaid om zijn hals en zijn jaspanden wapperden. Hij wenkte De Cock met een kromme vinger en liep direct door naar zijn eigen kamer.
De Cock sjokte achter hem aan. Kalm. Ongeïnteresseerd. Toen hij in de kamer van de commissaris kwam, zat de politiechef al achter zijn bureau. Zijn anders zo inbleek gezicht zag rood en zijn neusvleugels trilden.
'Waarom,' brulde hij, 'wist ik niets van die moord?'
De Cock keek hem onbewogen aan.
'Welke moord?'
De commissaris zwaaide met zijn armen.
'Op die vrouw tijdens de seance.'
De Cock maakte een verontschuldigend gebaar.
'U was niet op het bureau toen de melding van de moord kwam. En u was niet op het bureau toen Vledder en ik van ons onderzoek terugkwamen. Dus heb ik een uitgebreid telexbericht doen uitgaan

met alle bijzonderheden.' Hij streek gnuivend met de rug van zijn hand langs zijn neus. 'Maar misschien leest u nooit telexberichten. Ik moet opmerken... voor een politiechef een onvergeeflijke nalatigheid.'
Het gezicht van commissaris Buitendam werd nog roder.
'Ik heb nog geen tijd gehad om telexberichten te lezen,' riep hij luid. 'Ik was op een vergadering aan de Prinsengracht* en hoorde daar van meester Van Lochem, de officier van justitie, dat er in mijn district een moord was gepleegd. De officier toonde zich verbaasd, dat ik er nog niets van wist.'
De Cock keek zijn commissaris wat schuins aan.
'Had die officier van justitie dat telexbericht dan wel gelezen?'
'Dat eh... dat denk ik niet.'
'Hij was op dezelfde vergadering?'
'Ja. Hij was voorzitter.'
De Cock toonde verbazing. 'Hoe wist hij het dan?'
'Van zijn zuster... Mathilda van Lochem. Een oudere, maar nog zeer actieve dame. Ze liet hem doodgemoedereerd uit de vergadering roepen. Ze was er getuige van toen de vrouw tijdens die spiritistische seance stierf. Ze kwam ook met een voorstel, waarmee de officier van justitie onmiddellijk van harte instemde.'
De Cock keek hem wantrouwend aan.
'Een voorstel?'
Buitendam knikte heftig.
'Die spiritistische kring aan de gracht houdt morgenavond een nieuwe seance. Mathilda van Lochem heeft dat georganiseerd. De officier van justitie en ik zijn uitgenodigd die seance bij te wonen.'
'Om wat te doen?'
Buitendam reageerde nonchalant. 'Om vragen te stellen aan de op te roepen geest van de vermoorde vrouw.'

5

Een moment stond De Cock als aan de grond genageld. Zijn mond half open. Toen schudde hij vertwijfeld zijn hoofd.

*Paleis van Justitie

'En u hebt allebei die uitnodiging aangenomen?'
Commissaris Buitendam knikte nadrukkelijk.
'Zeker. Dat hebben wij gedaan. Ik ben het met de heer Van Lochem eens: dit is waarlijk een unieke kans om iets van de sfeer tijdens een seance te proeven. Mogelijk brengt het ons nader tot de moordenaar.'
De Cock slikte.
'Via de geest van de vermoorde?'
In zijn stem sloop verbazing en ongeloof.
Commissaris Buitendam keek hem verwonderd aan. De ondertoon was hem niet ontgaan.
'In eh... inderdaad,' reageerde hij wat aarzelend, 'misschien wel via de geest van de vermoorde vrouw. Oppervlakkig bezien lijkt het mij ook wat absurd, maar eh... maar misschien heeft zij inmiddels ervaren welke onverlaat haar om het leven heeft gebracht.'
De Cock grinnikte bitter.
'Van wie?'
De commissaris keek hem niet-begrijpend aan.
'Hoe bedoel je?'
De Cock zwaaide in de ruimte.
'Van wie moet de geest van de vermoorde vrouw dat dan hebben ervaren?'
Buitendam streek met zijn hand langs zijn boord.
'Dat eh... dat weet ik niet,' sprak hij aarzelend. 'Ik eh... ik ben persoonlijk niet zo goed thuis in die geestenwereld. Maar meester Van Lochem meende, dat er wel degelijk mogelijkheden waren. Volgens zijn zuster Mathilda zijn er in het verleden bij overeenkomstige gevallen opmerkelijke resultaten geboekt.'
De Cock snoof verachtelijk.
'Dat ene Mathilda van Lochem... een oude bemoeizieke fantasierijke tante... in haar onnutte ledigheid... zich met dergelijke fratsen bezighoudt... daar kan ik inkomen... maar dat een officier van justitie en een Amsterdamse commissaris van politie, in alle ernst en oprechtheid, aan zulke hokus pokus hun medewerking willen verlenen... dat is niet alleen verbazingwekkend... dat is stom.'
Het gezicht van Buitendam vertrok.
'Dat eh...' stotterde hij, 'is een ongepaste opmerking.'

De Cock keek hem onbewogen aan.
'U hebt gelijk,' sprak hij gelaten, 'dat is het.'
De commissaris sloeg met zijn vuist op zijn bureau.
'Jouw superieuren,' schreeuwde hij woedend, 'zijn niet stom.'
De Cock stak zijn handen naar voren. De handpalmen naar voren.
'In mijn argeloosheid,' verzuchtte hij, 'heb ik dat ook altijd gedacht. Ik bemerk nu tot mijn spijt, dat ik mijn opvattingen moet wijzigen.'
Commissaris Buitendam sprong van zijn stoel op. Zijn bleke dunne lippen trilden. Hij strekte zijn rechterarm naar de deur en brulde: 'Eruit.'
De Cock ging.

Vledder keek hem glimlachend aan.
'Was het weer zover?' gniffelde hij. 'Men dient zijn bloedeigen commissaris met eerbied en respect te bejegenen. Dat is voorschrift. Dat staat in de Algemene Orders. Bovendien wordt het na al die jaren eens tijd, dat jij aan die man zijn bloeddruk gaat denken. Vandaag of morgen piept hij er tussenuit.'
De Cock negeerde de opmerking. Hij plofte op de stoel achter zijn bureau.
'Ze gaan een extra seance houden om de geest van Zwarte Sophie op te roepen.'
'Wie?'
'Die spiritistische kring. En onze commissaris en de officier van justitie zijn uitgenodigd om de seance bij te wonen. Als de geest van Zwarte Sophie verschijnt, dan kunnen zij en passant een paar vragen stellen.'
Vledder keek grijnzend op.
'Is dat waar?' vroeg hij met een zweem van verbazing.
De Cock knikte heftig.
'Het schijnt, dat jouw vriendin Mathilda van Lochem dat heeft bekokstoofd.'
Vledder bromde. 'Ze is mijn vriendin niet.'
De Cock plukte aan zijn neus.
'Je was nogal van haar gecharmeerd,' zei hij achteloos.
Vledder haalde zijn rechterschouder iets op. Wrevelig.
'Ik vond haar een pientere dame, die haar ogen blijkbaar goed de kost gaf. Meer niet.'

De Cock grinnikte schamper.
'Ze kan ons nog aardig voor de voeten lopen. Ze heeft in ieder geval zoveel invloed op haar broer de officier van justitie, dat die op haar voorstel tot het houden van een nieuwe seance onmiddellijk is ingegaan.'
Vledder fronste zijn wenkbrauwen.
'Met Jennifer Jordan als medium?'
De Cock schoof zijn onderlip vooruit.
'Daar is niet over gesproken. Maar ik neem het aan. Volgens ingewijden is Jennifer Jordan als medium zeer bijzonder. Wie zou men daar anders voor moeten vinden?'
'Ze weigerde anders de geest van Martha van Keulen op te roepen.'
De Cock glimlachte.
'Omdat haar heengaan nog zo pril was.'
'Dat bedoel ik. Het overlijden van Zwarte Sophie is nog recenter.'
De Cock knikte bedachtzaam.
'Misschien staat ook zij onder invloed van jouw vriendin Mathilda van Lochem.'
Vledder kwam geërgerd overeind.
'Ik zei je toch al: ze is mijn vriendin niet. Ik houd niet van die vrouwen op middelbare leeftijd, die voortdurend hun neus in andermans zaken steken.' Hij liep om zijn bureau heen en bleef voor De Cock staan. Zijn hoofd een beetje schuin.
'En?' vroeg hij indringend. 'Wat doen wij?'
'Wat bedoel je?'
'Gaan wij ook naar die seance?'
De Cock schudde nadrukkelijk zijn hoofd.
'Geen denken aan. Ik doe daar niet aan mee.'
'Waarom niet?'
De Cock zuchtte diep.
'Begrijp me goed,' begon hij geduldig, 'ik heb niets tegen spiritisme en nog minder tegen mensen die het bedrijven. Mijn oude moeder zei altijd: onderzoekt alle dingen en behoudt het goede. Wanneer ik niet was belast met een onderzoek naar een moord, zou ik privé best eens zo'n seance willen bijwonen. Maar beroepshalve hou ik mij er buiten. Ik vind het ook onverantwoord wat de commissaris en de officier van justitie van plan zijn.'
'Hoezo?'

De Cock spreidde zijn handen.
'Stel, dat morgenavond de geest van Zwarte Sophie verschijnt, die meedeelt dat zij door Annette van Leeuwenhoek werd vermoord. Wat moet je daarmee? Wat kunnen de officier van justitie en de commissaris met zo'n mededeling doen? Niets. Ze kunnen moeilijk Annette van Leeuwenhoek arresteren en voor de rechter brengen met de bewering, dat de geestesverschijning van Zwarte Sophie heeft gezegd dat zij de dader is. Begrijp je? Zwarte Sophie is misschien best een aardige geestesverschijning, maar men zal toch met deugdelijke – let wel – aardse bewijzen moeten komen voordat een Nederlandse rechter het 'schuldig' uitspreekt.'
'Zo'n seance is dus hokus pokus?'
De Cock schudde zijn hoofd.
'Dat durf ik niet te beweren,' sprak hij ernstig. 'Misschien is het heel goed mogelijk om contact met geesten van gestorvenen te onderhouden. Ik wil en kan daar geen oordeel over vellen. Ik wil alleen maar zeggen, dat ik persoonlijk vind, dat ik als rechercheur met beide benen op de grond dien te blijven.'
Vledder monsterde de omvangrijke habitus van zijn leermeester. Om zijn lippen speelde een glimlach.
'Voor een man van jouw gewicht... niet zo moeilijk.'
De Cock lachte hartelijk. Hij kon het grapje best waarderen. Behaaglijk leunde hij achterover.
'Weet je, Dick,' ging hij belerend verder, 'ik ben als politieman altijd wat huiverig geweest voor die bovennatuurlijke zaken. Uit eigen initiatief heb ik nooit gebruik gemaakt van paragnosten, helderzienden, of hoe die luitjes zich ook mogen noemen. De enkele keren dat ik met hen heb samengewerkt, gebeurde dit op uitdrukkelijk verzoek van familieleden van de vermoorde... mensen, die wel in de uitzonderlijke gaven van die lieden geloofden.'
'Jij gelooft er niet in?'
De Cock schudde langzaam zijn hoofd.
'Nee. Ze hebben mij nooit kunnen overtuigen. Ondanks de vaak jubelende berichten in kranten en tijdschriften... ik vond hun resultaten maar povertjes.'
Vledder gebaarde voor zich uit.
'Misschien heb jij het altijd slecht getroffen... waren bij jou de omstandigheden voor het occulte gebeuren steeds ongunstig.'
De Cock staarde voor zich uit.

'Dat eh... dat zal het zijn geweest,' sprak hij peinzend. Plotseling kwam hij in actie. Hij wipte van zijn stoel en beende naar de kapstok.
Vledder liep hem na.
'Waar ga je heen?'
De Cock wurmde zich in zijn regenjas en zette zijn hoed nonchalant achter op zijn hoofd.
'Naar Landsmeer.'
Vledder trok zijn wenkbrauwen op.
'Naar Gerard van Klaverbeek?'
De Cock knikte instemmend.
'De invalide vriend van Zwarte Sophie.'
Vledder liep hem voorbij en hield de deur voor hem open.
'Wat wil je van hem?'
De Cock stormde de gang op.
'Vragen of hij en Zwarte Sophie wel eens een bed-sermoen hielden.' Plotseling bleef hij staan. Midden in de gang. Nadenkend. De grillige accolades rond zijn mond dartelden vrolijk. 'Of was Zwarte Sophie niet het type vrouw, dat in bed veel sprak?'

'Daar vergist u zich in. Sjaan hield er van om 's avonds in bed nog uitgebreid te keuvelen. Ze wond zich op als ik mij omdraaide om te gaan slapen. Dan had ik zo ruzie met haar. Een verkeerd woord en...' Hij glimlachte vertederd. 'Ze was geen vrouw om ruzie mee te hebben. Goeie mensen. Ze kon tekeer gaan. Daar lusten de honden geen brood van. En koppig... als een muildier... ze heeft eens drie maanden lang niet tegen mij gesproken.'
'U hield van haar?'
Het ruwe gezicht van Gerard van Klaverbeek versomberde. Om zijn brede mond kwam een droeve trek. Hij slikte. Zijn adamsappel wipte op en neer.
'Ze... ze was alles voor mij. Sjaan. En ik voor haar. Ze hield van me. Echt, met heel haar hart. Al zo lang. Ze was net zeventien toen ik haar leerde kennen. Ze was toen mooi. Heel mooi. Het mooiste meisje van de wereld. En dat is ze voor mij altijd gebleven.' Hij schudde zijn hoofd. 'Ik weet hoe de mensen over haar dachten. Ze deugde niet... zeiden ze. Ze was niet helemaal zuiver op de graat... zeiden ze.' Hij liet zijn hoofd wat zakken en snikte. 'Maar ze kenden haar niet. Niemand kende haar. Niemand kende haar,

zoals ik haar kende. Voor mij... voor mij was ze een schat... een...' Hij stokte. Tranen gleden over zijn wangen; drupten op zijn handen.
De Cock liet hem begaan. Hij vond het in-triest om een grote sterke man te zien huilen. Intussen vroeg hij zich af waarom Zwarte Sophie zich zo aan deze man had gehecht. Hij was niet knap, in traditionele zin. Integendeel, een gegroefd gelaat, schonkige wangen, kleine, diepliggende ogen en een enorme haardos... rood... vurig koperrood, warrig gevangen in ontelbare krulletjes.
De speurder boog zich iets naar hem toe.
'Ze trouwde een ander.'
Gerard van Klaverbeek keek op. Met de mouw van zijn overhemd wreef hij langs zijn betraande ogen.
'Charles... Charles van Leeuwenhoek.' In zijn stem trilde diepe minachting. 'Een kwal van een vent. Vies, goor, stom, maar rijk.'
'Het was geen huwelijk uit liefde.'
Gerard van Klaverbeek snoof. Hij wond zich duidelijk op. Zijn schonkige wangen kregen weer wat kleur.
'Liefde... Sjaan... voor zo'n slappe kroot?' Hij schudde zijn hoofd. 'Ze verafschuwde hem. Ze haatte hem met elke vezel van haar lijf.'
De Cock keek hem schuins, onderzoekend aan.
'Toch trouwde ze met hem.'
Gerard van Klaverbeek streek met zijn hand door zijn haar. Hij leek weer wat rustiger.
'Om mij,' sprak hij.
'Om jou?'
Hij knikte.
'En om ons kind.'
De Cock trok diepe rimpels in zijn voorhoofd.
'Ons kind?'
Van Klaverbeek knikte opnieuw. Zuchtend.
'Het kind van Sjaan en mij.' Hij blikte De Cock in het gezicht. Kalm. Ontspannen. 'Ik zie, dat u er niets van begrijpt. Misschien gelooft u het ook niet. Toch is het waar. Sjaan trouwde met Charles van Leeuwenhoek om mij en om ons toen nog ongeboren kind.' Hij zweeg nadrukkelijk en na een poosje vervolgde hij: 'We hadden grote plannen met ons kind. Vooral als het een jongen zou zijn. Hij zou moeten gaan leren. Een universiteit, een hogeschool.

Ingenieur worden of meester in de rechten. Echt groot en voornaam. Niet zulke armoedzaaiers als wij.' Hij klemde zijn handen om zijn gezicht; bedwong opkomende tranen. 'Sjaan en ik komen uit de goot... om het zo maar eens te zeggen. De vader van Sjaan zoop als een tempelier en haar moeder wierp jaar op jaar een kind. Het was pure armoede en ellende. Een jeugd heeft Sjaan nooit gehad. Ze moest al vroeg de baan op om het gezin thuis draaiende te houden. En bij mij thuis was het bijna net zo. Snapt u? Sjaan en ik wilden voor ons kind iets beters.'
De Cock knikte begrijpend.
'Ze trouwde Charles van Leeuwenhoek om de opvoeding van het kind veilig te stellen.'
Gerard van Klaverbeek beet op zijn onderlip.
'Ze had het misschien nog niet gedaan, als ik niet van die steiger was gelazerd.' Hij sloeg hard op zijn rechterknie. 'Stijf... voor altijd. Het gebeurde toen we net tot de ontdekking waren gekomen dat Sjaan in verwachting was.' Hij zuchtte diep. 'Die Charles van Leeuwenhoek liep al een tijdje om Sjaan heen. Hij kwam altijd in de dancing, waar Sjaan bediende. Ze moest hem niet, walgde van hem. En dat zei ze hem ook. Maar toen ik dat ongeluk kreeg en vast kwam te staan dat ik altijd invalide zou blijven, besloot Sjaan om met die vent te trouwen.'
'Een soort schijnhuwelijk.'
'Ja.'
'Om het geld.'
Van Klaverbeek balde zijn vuisten.
'Ik was er tegen. Maar wat had ik in te brengen? Een invalide vent met een paar centen uitkering. Ik ben toen van ellende ook aan de drank geraakt. Ze schold op mij, dag en nacht. Op een avond toen ik flink bezopen was, liep Sjaan weg. Nog geen maand later was ze met die vent getrouwd.'
De Cock wreef over zijn kin.
'Het huwelijk heeft niet lang standgehouden.'
Van Klaverbeek gniffelde. Over zijn verweerd gezicht gleed een glimlach.
'Het kon niet langer.'
'Waarom niet?'
Hij wreef met zijn hand langs zijn nek en grinnikte.
'Het kind... Richard.'

'Wat was daar mee?'
Hij grinnikte opnieuw. Zijn diepliggende ogen glansden.
'Het kind ging steeds meer op zijn echte vader lijken.' Hij boog zijn hoofd en plukte aan een van zijn krulletjes. 'Rood... dat soort rood verloochent zich niet. Richard kreeg hetzelfde haar en de Van Leeuwenhoeken begonnen te fluisteren. Er kwam geen rood in de familie voor. Bovendien was het kind te vroeg geboren. Ze drongen op een echtscheiding aan. Maar daar wilde Sjaan niets van weten. Toen de familie te lastig werd, bracht Sjaan het kind ergens anders onder.'
'En ze ging bij Charles weg.'
Gerard van Klaverbeek knikte. De milde uitdrukking op zijn gezicht veranderde. De gelaatstrekken verhardden.
'Toen zijn ze begonnen.'
'De familie Van Leeuwenhoek?'
'Ja... de Van Leeuwenhoeken... toen kwam hun ware... hun misdadige aard naar boven. Eerst weigerden ze in het onderhoud van het kind te voorzien. Het was geen kind van Charles, zeiden ze. Maar het kind stond op zijn naam. Wettelijk konden ze er niets aan doen. Toen Sjaan met een openlijk schandaal dreigde, begon de familie weer te betalen. Maar vanaf dat moment heeft Sjaan geen rustig uur meer gekend.'
'Hoezo?'
Van Klaverbeek ademde diep. Zijn neusvleugels trilden.
'Moordaanslagen.'
De Cock slikte.
'Moordaanslagen?' herhaalde hij verward.
Van Klaverbeek knikte traag.
'De Van Leeuwenhoeken... ze hebben wel vijf maal geprobeerd haar dood te rijden.'

6

Ze reden de Vossestaartstraat in Landsmeer uit. De Cock keek nog even om naar de forse gestalte in de deuropening. Gerard van Klaverbeek, bedacht hij, een verbitterd man vol haat- en wraakgevoelens. De Cock had het onbestemde gevoel dat hij hem nog wel

eens zou ontmoeten, dat zijn rol in deze affaire nog niet was uitgespeeld. Hij stak zijn hand op en wuifde. De man in de deuropening zwaaide terug.
Vledder zat aan het stuur. Hij had al zijn aandacht nodig om de wagen op de smalle dorpsstraat van Landsmeer door het drukke verkeer te loodsen. Hij deed het bekwaam, rustig.
De Cock zakte onderuit. Zijn gezicht stond strak, somber. Het gesprek met de invalide bouwvakker had hem geschokt. Ondanks zijn jarenlange ervaring met misdadig gedrag hield hij van mensen en was oprecht bewogen wanneer hij met menselijk leed werd geconfronteerd. Het was duidelijk dat Sjaan Streuffels weinig geluk had gekend. Haar gewelddadige dood vormde een trieste afsluiting van een bewogen leven.
Hij drukte zich weer iets omhoog, keek naar de vele sloten, de miniatuurbruggetjes, de huizen op eilandjes langs de weg. Wat vormde de aanleiding tot haar dood? Wie achtte het noodzakelijk dat Sjaan Streuffels zo snel stierf? Een kwade geest... zei het medium Jennifer Jordan... ze heeft zich duidelijk aan mij gemanifesteerd. Maar hij, De Cock, hield niet van occulte zaken. En in kwade geesten geloofde hij alleen zolang die nog huisden in tastbare menselijke gedaanten. De familie Van Leeuwenhoek... zei Gerard van Klaverbeek... ze hebben een misdadige aard.
De Cock wreef over zijn kin. Wie waren de Van Leeuwenhoeken? Wat dreef hen? Een familiecomplot om een mislukt huwelijk en een ondergeschoven kind? Geld is macht. Het deed nog steeds opgeld. Hoe machtig waren zij? Vledder loodste de wagen door wat rustiger verkeer in Amsterdam-Noord. Hij keek opzij naar De Cock en scheen diens gedachten te raden.
'Wat gebeurt er nu met Richard?'
De Cock haalde zijn schouders op.
'Ik heb Gerard van Klaverbeek niet naar de verblijfplaats van het kind willen vragen. Het leek mij niet juist. Ik geloof ook niet, dat hij het mij zonder meer had verteld. Charles van Leeuwenhoek zal zich nu wel tot de Raad voor de Kinderbescherming wenden. Hij is volkomen gerechtigd het kind te laten opsporen en op te eisen. Hij is nog steeds de wettige vader en voor zover ik weet, is hem de ouderlijke macht niet ontzegd.'
'Hij had het kind toch ook op kunnen eisen toen Zwarte Sophie nog leefde?'

'Zeker. Hij had altijd een beroep kunnen doen op de kinderpolitie of de Raad voor de Kinderbescherming. Hij had zelfs de kinderrechter kunnen inschakelen. Dergelijke zaken maken altijd veel emoties los. Misschien hebben de Van Leeuwenhoeken die weg niet willen volgen. Juridisch is het moeilijk om een moeder te dwingen, tegen haar wil, de schuilplaats van haar kind prijs te geven.'
Vledder reed de IJtunnel in.
'Geloof jij in die moordaanslagen?'
De Cock trok een triest gezicht.
'Volgens Gerard van Klaverbeek heeft Sjaan Streuffels van die aanslagen nooit melding gemaakt bij de politie. Er is dus nooit een officieel onderzoek geweest. In hoeverre die moordaanslagen reëel waren, ik bedoel, of ze werkelijk van plan waren haar te doden, weet ik niet. Ik ben bang, dat alleen Sjaan Streuffels ons daarover zou kunnen inlichten.'
Vledder klemde zijn lippen op elkaar.
'Maar zij is dood,' zei hij kortaf.
De Cock plukte aan zijn onderlip.
'Als de Van Leeuwenhoeken inderdaad zo misdadig zijn als die Gerard van Klaverbeek ons wil doen geloven, dan loopt ook het kind gevaar.'
Vledder keek hem verrast aan. 'Het kind?'
De Cock kwam nog verder omhoog en gebaarde levendig.
'De Van Leeuwenhoeken vormen een rijke familie. Om via erfenissen een deel van hun vermogen te laten wegvloeien naar een kind, dat hen listig en bedrieglijk werd opgedrongen...' Hij maakte zijn zin niet af; bracht zijn wijsvinger voor zijn neus. 'Laten we wel beseffen, dat gezien vanuit het standpunt van de familie Van Leeuwenhoek Zwarte Sophie niet meer is... was dan een laaghartige bedriegster, die de oprechte gevoelens van hun Charles op een schandelijke wijze heeft uitgebuit.'
De mond van Vledder zakte iets open.
'Een motief voor moord,' hijgde hij.
De Cock knikte traag.
'Dat, m'n jong, zou het kunnen zijn.'

Vledder parkeerde de wagen op de houten steiger in het Damrak. Via de Oudebrugsteeg slenterden de rechercheurs naar de War-

moesstraat. Het werd al schemerig en er viel een kleine motregen. De kleuren van de lichtreclames weerspiegelden zich in het natte asfalt van de Lange Niezel. De Cock schoof zijn hoed wat naar voren en trok de kraag van zijn jas omhoog. In het voorbijgaan groette hij een oude penoze-kennis en stapte het politiebureau binnen.
'De Cock...'
Meindert Post brulde van achter de balie. De oude Urker wachtcommandant had een stem als een roestige misthoorn, erfelijk gevormd via generaties van onverschrokken vissers, die elkaar bij storm en ontij over woelig water toeschreeuwden.
'De Cock...'
De speurder liep naar hem toe.
'Wat is er?'
Meindert Post schoof het dienstboek van zich af.
'Er zit boven een man op je te wachten.'
'Wat voor een man?'
'Dat weet ik niet. Hij heeft zijn naam niet genoemd.'
'Hoelang zit hij daar al?'
De wachtcommandant blikte naar de klok.
'Zeker drie kwartier. Ik heb hem gezegd, dat het wel even kon duren voordat je terugkwam.'
'En?'
'Hij zei, dat hij de tijd had.'
De Cock grinnikte.
'In deze jachtige eeuw... een wonderlijk man.'
De beide rechercheurs liepen de balie voorbij en stoven de trap op. Op de tweede etage, op een bank, zat een man. De Cock schatte hem op achter in de veertig. Hij was keurig gekleed, gedistingeerd, in een antracietgrijze jas met witzijden sjaal. Een gleufhoed lag naast hem op de bank. Toen hij de rechercheurs in het oog kreeg, vatte hij zijn hoed en kwam omhoog.
'U eh... u bent rechercheur De Cock?'
De Cock knikte en wees opzij. 'Mijn collega Vledder.'
De man schudde beiden de hand.
'Mijn naam is Charles van Leeuwenhoek. Ik wil met u spreken over het plotselinge verscheiden van mijn eh... mijn echtgenote.' Hij kuchte even achter zijn rechterhand. 'Ik neem aan, dat ik toch de aangewezen persoon ben om haar uitvaart te regelen?'

De Cock knikte gelaten en ging Charles van Leeuwenhoek voor naar de recherchekamer. Bij zijn bureau bleef hij staan, draaide zich half om en reikte de man opnieuw de hand. 'Onze oprechte condoleanties,' zei hij vormelijk.
Van Leeuwenhoek reageerde wat verbaasd.
'Ja, ja,' stamelde hij. 'Condoleanties... inderdaad. Ik dank u hartelijk.'
De Cock wees naar de stoel naast zijn bureau.
'Neemt u plaats.'
Charles van Leeuwenhoek tilde de panden van zijn jas op en ging zitten. De gleufhoed op zijn knieën.
'Ik heb begrepen, dat haar heengaan uw volledige interesse heeft?'
De Cock nam tegenover hem plaats.
'Beroepshalve,' zei hij bedaard. 'Ze werd vermoord.'
Van Leeuwenhoek verschoof iets op zijn stoel.
'Dat werd mij gezegd, ja,' sprak hij nerveus. 'Hoewel... ik kan het nauwelijks geloven.'
'Haar dood verbaast u?'
Charles van Leeuwenhoek knikte heftig.
'Zeker op deze wijze. Wie verwacht dat? Het is afschuwelijk. Volgens mijn zuster...' Hij keek op. 'U hebt haar ontmoet?'
'We hebben haar ontmoet,' bevestigde De Cock. 'Net als de andere leden van de spiritistische kring. Vluchtig. Ik heb tot mijn spijt nog niet de gelegenheid gehad om uitgebreid met haar van gedachten te wisselen.'
Van Leeuwenhoek glimlachte.
'Moet u doen,' zei hij enthousiast. 'Ze is een zeer intelligente vrouw. Ik heb altijd veel steun van haar ondervonden. En nog. Sinds vader lichamelijk en geestelijk niet meer zo actief is, leidt Annette in feite de familie. Zeer resoluut en kordaat, moet ik zeggen.'
De Cock knikte voor zich uit. Intussen keek hij hem onderzoekend aan. Zijn scherpe blik gleed langs de gelaatstrekken. De beschrijving die Gerard van Klaverbeek had gegeven, leek hem wat overtrokken. Charles van Leeuwenhoek leek hem niet zo slap als de bouwvakker hem had geschetst. De spitse kin en de bolle rossige wangen gaven zijn gezicht een wat pafferige aanblik. Misleidend. De grijsgroene ogen stonden helder en waakzaam.
'Wat was de mening van uw zuster?' vroeg hij beminnelijk.

Van Leeuwenhoek slikte.
'Vergif... Sophie zou door vergif om het leven zijn gebracht.'
De Cock knikte nadenkend.
'Vergif... dat haar in dat huis aan de gracht moet zijn toegediend. Daarom... al degenen, die tijdens de spiritistische seance aanwezig waren, zijn verdacht.' Hij zweeg even en boog zich toen met een strak gezicht naar voren.
'Ook uw zuster Annette.'
Charles van Leeuwenhoek grinnikte wrang. Zijn bolle wangen trilden.
'Dat is absurd... eenvoudig belachelijk.'
De Cock keek hem scherp aan.
'Vindt u?'
Charles van Leeuwenhoek bewoog zich heftig. Zijn hoed gleed van zijn knieën op de vloer. Hij zwaaide met zijn armen.
'Natuurlijk vind ik dat. Waarom zou Annette zoiets doen? Dat is... dat is toch waanzin.'
De Cock reageerde onbewogen.
'Moord,' sprak hij gelaten, 'is waanzin.'
Charles van Leeuwenhoek raapte zijn hoed op en stond op. 'Ik praat niet meer met u,' riep hij hautain.
Vledder kwam naderbij. Hij had het gesprek van een afstand gevolgd en zich opgewonden. Hij duwde Charles van Leeuwenhoek terug op zijn stoel.
'De mensen van de kring,' betoogde hij fel, 'kenden Zwarte Sophie slechts oppervlakkig. Alleen van de wekelijkse seances aan de gracht. Verder bestond er vrijwel geen enkele relatie... zeker geen relatie met een aanleiding tot moord.' Hij strekte zijn arm beschuldigend naar Charles van Leeuwenhoek uit. 'U... u kende Sophie. U kende haar heel goed. Zij was een vrouw die uw diepste gevoelens heeft misbruikt... vertrapt... die met u heeft gespeeld... die u heeft misleid... die u het vaderschap opdrong van een kind dat niet van u was. Als iemand een motief had om Zwarte Sophie naar het leven te staan, dan was u het.' Hij liep driftig heen en weer en boog zich toen weer met een ruk naar voren. 'Maar u, Charles van Leeuwenhoek, was niet op de seance. U kunt haar feitelijke moordenaar niet zijn. U was niet in de gelegenheid het gif in haar koffie te laten glijden.' Vledder grijnsde een beetje vals. 'U hoefde het ook niet zelf te doen. U heeft een zuster... een zuster op

wie u uw hele leven al hebt gebouwd... een resolute en kordate dame, die vroeger... en ook nu niet... voor een moord terugdeinsde.'
Charles van Leeuwenhoek sloeg zijn handen voor zijn gezicht en kromp in elkaar. Het leek alsof de woorden hem geselden. Heftig schudde hij zijn hoofd.
'Het is niet waar.' Hij gilde het uit. 'Het is niet waar.' Smekend keek hij naar De Cock op. 'Laat hem ophouden. Laat hem in godsnaam ophouden. Annette heeft het niet gedaan. Annette...' Hij stokte. In zijn ogen sloop verbijstering. 'En als... en als Annette het heeft gedaan... dan heb ik dat niet gewild. Ik niet. Ik hield van Sophie. Geloof me, ik hield van Sophie. Al had ze mij tien onechte kinderen bezorgd... het had mij niet kunnen schelen... als ze maar niet weg was gegaan... als ze maar bij mij had willen blijven.'

Om de lippen van De Cock speelde een glimlach.
'Je was goed op dreef, vond ik.' Het klonk wat spottend. 'Je had die arme Charles van Leeuwenhoek bijna een moord laten bekennen, die hij nooit kon hebben gepleegd.'
Vledder schudde geërgerd het hoofd.
'Ik kon mij even niet bedwingen. Het is nu toch wel duidelijk, dat Annette in de familie Van Leeuwenhoek de dienst uitmaakt. Als zij er niet was geweest, dan vormden Charles en zijn Sophie misschien nu nog een min of meer gelukkig paar.'
De Cock grinnikte vrolijk.
'Inclusief een rood kind van Van Klaverbeek.'
Vledder snoof.
'In ieder geval was het idee, dat zijn zuster Annette Zwarte Sophie had vermoord voor Charles van Leeuwenhoek wel aanvaardbaar. Hij achtte haar daartoe wel in staat. Hij zei toch: en als Annette het heeft gedaan... dan heb ik dat niet gewild.'
De Cock haalde zijn schouders op.
'Dat zegt mij niet zoveel,' sprak hij achteloos. 'Het is een typische uitdrukking voor een man, die altijd de verantwoordelijkheden van zich heeft afgeschoven. Ik denk dat Annette, als oudere zuster, vaak wel verplicht is geweest om voor haar broer de beslissingen te nemen.'
Om de mond van Vledder kwam een verbeten trek.

'Hoe het ook zij, als er in het verleden moordaanslagen op Zwarte Sophie zijn geweest, dan was dat het werk van Annette en niet van Charles. Die overtuiging heb ik inmiddels wel gekregen. Annette is in mijn ogen inderdaad een duivels wijf. En die moord op haar eerste man zie ik helemaal zitten.'
De Cock lachte hartelijk.
'Wees maar voorzichtig. We kunnen nog heel wat last van die tante krijgen.'
'Hoezo?'
De Cock plukte aan het puntje van zijn neus.
'Wat denk je, dat broerlief nu doet? Ik wed, dat hij nu rechtstreeks naar zijn zuster is gegaan om zijn beklag te doen over die jonge onbehouwen rechercheur van de Warmoesstraat, die zulke ijselijke beschuldigingen uitsprak.'
Vledder liet zijn hoofd wat zakken.
'Je hebt gelijk,' verzuchtte hij. 'Ik heb het niet zo tactisch gespeeld. Annette van Leeuwenhoek is nu gewaarschuwd. Ze weet hoe wij over haar denken. Ik had met mijn beschuldigingen beter kunnen wachten totdat wij haar zelf onder verhoor hadden.'
De Cock stond op en legde een hand op Vledders schouder, om zijn mond een milde grijns.
'Soms, Dick Vledder... soms kun je van die verstandige dingen zeggen.'

7

Er scheen een koesterend zonnetje. De vlaggen op de steigers van de rondvaartboten wapperden vrolijk in een strak blauwe lucht. Met zijn hoed nonchalant achter op zijn hoofd, de handen diep in de zakken van zijn regenjas gestoken, slenterde De Cock over het brede trottoir van het Damrak. De vreemde moord in seance hield hem voortdurend bezig. Hij hoopte dat de nieuwe dag hem goedgunstig gezind was. Het recherchewerk was nu eenmaal een zaak van kennis, inzicht en geluk. Hij vertrouwde er op, dat Vrouwe Fortuna hem vandaag niet in de steek liet en hem dat pietseltje geluk gunde. Hoe langer immers een onderzoek duurde, hoe kleiner de kans op succes werd. Hij blikte om zich heen en glunderde.

De meisjes en vrouwen, die zijn ogen streelden, schenen door het zonlicht te zijn verdubbeld. Bij de Oudebrugsteeg bleef hij staan. Aan de overkant werden ladingen toeristen bij de rondvaartboten gelost. Come and see Amsterdam. Waarom niet? Amsterdam was een mooie stad... al werd er wel eens iemand heel onchristelijk gemold.
Een bijzonder fraai gevormde jonge vrouw, in een strakke pantalon, trok hem licht heupwiegend voorbij. Hij keek haar na, secondenlang, toen stak hij het Damrak over en sjokte naar de Warmoesstraat.

De Cock wuifde van achter zijn bureau, toen Vledder de recherchekamer binnenstapte. 'Hoe was de sectie?' riep hij opgewekt.
De jonge rechercheur kwam bij hem staan en trok een grimas.
'Je zult het niet geloven, maar dokter Rusteloos was zeer geïnteresseerd in ons onderzoek. Hij vroeg of wij hem op de hoogte willen houden van de resultaten.'
De Cock blikte verwonderd op.
'Waarom?'
'Hij zei, dat hij maar weinig gevallen van moord door vergiftiging met cyaanwaterstof kende en hij was benieuwd op welke wijze het vergif werd verkregen en hoe het werd toegediend. Hij had in het verleden wel zelfmoorden ontmoet en ook wel bedrijfsvergiftigingen behandeld, waarbij blauwzuurgas een rol speelde. Maar in zijn loopbaan waren gevallen van moord uiterst schaars.'
De Cock fronste zijn wenkbrauwen.
'Sprak hij van bedrijfsvergiftigingen?'
Vledder knikte nadrukkelijk.
'Volgens dokter Rusteloos wordt in veel bedrijven met cyanideverbindingen gewerkt. In de chemische en vooral in de fotografische industrie. Verder wordt blauwzuurgas al sinds jaar en dag gebruikt ter bestrijding van ongedierte. In vele tuinbouwbedrijven zijn hele voorraden cyanide-houdende poeders aanwezig, genoeg om er hele dorpen mee uit te roeien.'
De Cock snoof.
'Ik begrijp, dat het helemaal niet zo moeilijk is om aan dat spul te komen.'
Vledder schudde zijn hoofd.
'Het is, zoals met zovele vergiften... in grote hoeveelheden ge-

makkelijk te verkrijgen.'
De Cock keek nadenkend.
'We kunnen er nu wel van uitgaan,' sprak hij somber, 'dat Sjaan Streuffels wel degelijk door vergiftiging met blauwzuurgas om het leven kwam.'
Vledder knikte traag.
'Dat is vrijwel zeker. De patholoog-anatoom heeft mij tijdens de sectie nog gewezen op de bijzonder heldere kleur van de lijkvlekken. Hij dacht ook, dat de cyanide bij analysering nog wel aantoonbaar zou zijn. Hij heeft mij in ieder geval heel wat meegegeven. Een heel assortiment lijkdelen, potten met urine, maag- en darminhoud. Ik had er een hele sjouw aan.'
De Cock glimlachte.
'Heeft dokter Rusteloos nog iets gezegd over een mogelijk antabuse-effect?'
Vledder keek hem wat verward aan.
'Antabuse-effect?'
De Cock knikte gelaten.
'Een verhevigde werking bij een toxische combinatie.'
Vledder trok zijn schouders op.
'Hij vroeg wel of Sjaan Streuffels verdovende of stimulerende middelen gebruikte.'
De Cock streek peinzend over zijn haren.
'Dat had ik wel verwacht. Ik heb mij dat zelf ook afgevraagd. De pupillen waren bij haar dood sterk verwijd. Ik heb dergelijke verwijdingen ook wel gezien bij oudere vrouwen, die bella-donna gebruikten om hun ogen te laten glanzen.'
Vledder lachte.
'Werd het daarom bella-donna genoemd?'
De Cock knikte ernstig.
'Het is een beetje uit de mode. Er zijn nu veel zwaardere stoffen in zwang. Misschien dat Gerard van Klaverbeek ons kan zeggen of Zwarte Sophie iets gebruikte. Maar persoonlijk geloof ik daar niet in. Ik vermoed eerder, dat de moordenaar of moordenares aan de cyanide die hij of zij gebruikte, nog een stimulerend middel heeft toegevoegd.'
Vledder plofte op de stoel achter zijn bureau.
'Om zeker te zijn van de dodelijke werking?'
De Cock schudde zijn hoofd.

'Uit erbarmen.'
Vledder trok diepe denkrimpels boven zijn neus.
'Erbarmen?'
De Cock knikte.
'Dat de dood snel zou komen, begrijp je? Nog sneller dan normaal bij cyanide het geval is. Om het lijden van het slachtoffer zo kort mogelijk te doen zijn.'
Vledder likte aan zijn droge lippen.
'Dat eh...' stamelde hij getroffen, 'dat duidt op een zekere lotsverbondenheid, verwantschap... affiniteit.'
De Cock staarde voor zich uit. Zijn gezicht toonde vrijwel geen expressie.
'Misschien,' sprak hij zacht, 'misschien zelfs liefde.'

Ad van Ishoven, de rijzige chef van de administratie aan het politiebureau Warmoesstraat, mikte een dossier op het bureau van De Cock. Een wolk stof trok prikkelend langs zijn neusgaten. De speurder keek verstoord op.
'Wat moet ik daarmee?'
Ad van Ishoven keek hem secondenlang aan. Achter zijn bril glansde pure verwondering.
'Daar heb je toch om gevraagd? Het is het dossier van Martinus Stekelenburg.'
'Wie is dat?'
Ad van Ishoven wees op de grauwe map.
'Lees maar... daar zal wel zo het een en ander instaan.' Hij mompelde binnensmonds. 'En daar heb ik dan meer dan een uur naar gezocht.' Hij draaide zich om. Een tikkeltje verongelijkt stapte hij weg.
Vledder haalde het dossier naar zich toe en bladerde.
'Het is een onderzoek van twaalf jaar geleden,' sprak hij na een poosje, 'gedaan naar aanleiding van sterke geruchten, dat Martinus Stekelenburg geen natuurlijke dood was gestorven, maar heel geleidelijk zou zijn vergiftigd.'
De Cock greep naar zijn hoofd.
'Natuurlijk... de echtgenoot van Annette van Leeuwenhoek.'
Op zijn gezicht kwam een verbaasde trek. 'Was er toch een onderzoek?'
Vledder gaf een klap op het dossier en er steeg opnieuw een grijze

stofwolk omhoog.
'Hier ligt het,' sprak hij simpel. 'En als ik het zo eens bekijk, is het een omvangrijk onderzoek geweest.'
De Cock zuchtte omstandig.
'Ik zou het maar eens doornemen,' raadde hij aan. 'Misschien staat er iets in, dat voor ons van belang is... Kijk eens naar een eindconclusie.'
Vledder pakte het dossier. Na enig zoeken las hij hardop: '...dat niet bewezen kon worden, dat Martinus Stekelenburg een andere dan een natuurlijke dood stierf... en dat evenmin bewezen kon worden, dat aan de geruchten, als zou Martinus Stekelenburg door zijn vrouw, Annette van Leeuwenhoek, zijn vergiftigd, wezenlijke feiten of aanwijzingen ten grondslag liggen.'
De Cock grinnikte.
'Heel fraai. Ik zou het geschreven kunnen hebben.'
Vledder schudde zijn hoofd.
'Het rapport werd opgemaakt door rechercheur Bierdrager en die is al jaren gepensioneerd.'
De Cock wreef over zijn kin.
'Die geruchten over vergiftiging zijn toch bijzonder hardnekkig gebleken,' zei hij ernstig. 'Ze zijn na twaalf jaar nog steeds niet verstomd.'
Vledder knikte peinzend.
'De gifmoord op Sjaan Streuffels en de oude tegenstellingen tussen haar en Annette hebben aan die oude geruchten nieuw voedsel gegeven. Het wordt toch tijd, dat wij die tante Van Leeuwenhoek eens met een bezoek vereren.'
'Dat is niet nodig,' sprak een omfloerste stem achter hen. 'Ik ben er al.'
De beide rechercheurs draaiden zich met een ruk om. In de deuropening stond een markante gestalte, groot, lang, wat tanig. Ze droeg een paar laarzen die tot aan de knieën reikten, waarboven een korte bruine cape met capuchon. Ze wreef het lange grijze haar uit het gezicht en stevende op hen af.
'Sorry, dat ik mij niet heb aangediend,' sprak ze wat cynisch, 'maar de deur stond open.' Ze wendde zich tot Vledder. 'Ik kon er ook niets aan doen,' ging ze verder, 'dat ik een gedeelte van uw betoog volgde. Het gebeurde ongewild. Ik wil slechts opmerken, dat er van enige familierelatie tussen u en mij geen sprake is... met

andere woorden... ik ben uw tante niet.'
Vledder kleurde tot achter zijn oren.
'Het is eh... het is bij wijze van spreken,' stamelde hij. 'In het Amsterdamse taalgebruik heeft het begrip 'tante' een wijdere betekenis.'
Ze draaide zich om, zwaaide met een driftig gebaar de cape van haar schouders en ging op de stoel naast het bureau van De Cock zitten.
'Ik eh... ik vormde het onderwerp van uw overpeinzingen?' startte zij.
De Cock bracht zijn beminnelijkste glimlach. De vriendelijke accolades rond zijn mond dansten.
'Inderdaad. U had... en heeft onze volledige interesse.'
Ze plukte aan haar groflinnen blouse.
'En moet ik daar blij mee zijn?'
De Cock trok zijn schouders op. De glimlach bleef.
'Wij, van de recherche, zijn vreemde wezens. Wij zijn steeds op zoek naar bewijzen.' Hij zweeg even; keek haar aan. 'Van schuld... maar ook van onschuld. De dood van uw schoonzuster Sjaan Streuffels heeft heel wat losgemaakt.' Hij tikte op het stoffige dossier voor zich op zijn bureau. 'Oude wonden opengereten.'
Annette van Leeuwenhoek knikte kordaat.
'Die oude affaire met mijn eerste man. Ik heb daar destijds veel ellende en verdriet van ondervonden. Martin Stekelenburg bleek achteraf een eigenaardig man. Een heel ander mens dan in onze verlovingstijd. Hij was jaloers, argwanend, achterdochtig. Bijna ziekelijk.' Ze schudde haar hoofd. 'Ons huwelijk verliep niet zoals ik dat had gedroomd. Er waren al spoedig spanningen. Misschien ook, omdat ik mij nogal onafhankelijk opstelde. Martin klaagde bij een ieder zijn nood. Het mislukken van ons huwelijk lag niet aan hem, maar aan mij. Ik verzorgde hem niet goed. Ik verzaakte mijn huishoudelijke plichten en onderhield heimelijke relaties met andere mannen. Het waren ongegronde beschuldigingen, waartegen ik mij op den duur niet eens meer verweerde. Ook zou ik pogingen hebben ondernomen om hem te vergiftigen. Het was een van die onzinnige beweringen. Gelukkig geloofde niemand hem.' Ze zuchtte diep en wreef opnieuw het haar uit haar gezicht. 'Toen niemand voldoende belangstelling naar zijn zin toonde, begon hij zelfmoorden te ensceneren.'

De Cock keek haar onderzoekend aan.
'Ensceneren?'
Annette van Leeuwenhoek toonde een mismoedige reactie.
'Hij zette ze in scène. Hij nam bijvoorbeeld te veel slaappillen in, maar zorgde er wel voor dat het op tijd werd ontdekt. Hij sneed in zijn polsen, maar het bleef bij een onbeduidende wond. Begrijpt u? De pogingen waren niet echt. Ze waren er meer op gericht om bij mij een soort schuldgevoel te kweken.' Ze schoot ineens fel uit. 'En ik had geen schuld. Ik bedoel... ik maakte hem het leven niet onmogelijk. Het was voor hem een idee-fixe. Pas later heb ik vernomen, dat er in zijn familie nogal wat geestelijke defecten voorkwamen.'
'Hij stierf toch een natuurlijke dood?'
Ze knikte traag, wat afwezig.
'Aan wat men toen... en misschien ook nu nog wel een 'manager disease' noemde. Een hartkwaal door overmatige lichamelijke en geestelijke inspanningen. Het gebeurde alles vrij plotseling. Niemand had dat verwacht. Martin was ook nog jong. Net zevenendertig jaar.' Ze pauzeerde even; streek met duim en wijsvinger over haar voorhoofd. 'Toen begon de roddel. Wie het heeft aangesticht, weet ik niet. Ik hoorde het voor het eerst een paar dagen na Martins begrafenis. Een vriendin kwam het mij vertellen. Er werd gefluisterd, dat ik Martin had vergiftigd. Ik trok er aanvankelijk mijn schouders voor op, maar op een zeker moment stond de recherche bij mij op de stoep.'
'Rechercheur Bierdrager.'
Om haar dunne lippen zweefde een matte glimlach.
'Een vriendelijk man. Beslist. Over de manier, waarop hij de affaire heeft behandeld, heb ik alleen maar lof. Erg discreet en voorkomend. Hij heeft mij later ook gezegd, dat bij zijn onderzoek niets ten nadele van mij naar voren was gekomen en dat hij in zijn rapport zou vermelden, dat hem van een misdrijf met betrekking tot de dood van mijn man niets was gebleken.'
De Cock knikte.
'We hebben de conclusie van rechercheur Bierdrager gelezen,' sprak hij gelaten. 'Er heeft geen exhumering plaatsgevonden?'
Annette van Leeuwenhoek zuchtte diep.
'Die schande is mij goddank gespaard gebleven. Volgens die rechercheur had de officier van justitie tijdens zijn onderzoek geen

dringende gronden voor een exhumering kunnen vinden.'
'Het onderzoek vond al vrij kort na de begrafenis plaats?'
Ze maakte een verontschuldigend gebaar.
'Ik weet uiteraard niet hoelang die rechercheur Bierdrager al doende was voor hij bij mij verscheen. Ik kan u wel zeggen, dat zijn onderzoek een maand of drie na de dood van mijn man werd afgesloten.' Ze liet haar hoofd wat zakken. Om haar lippen gleed een droeve glimlach. 'Mijn verwachting, dat na het onderzoek door de recherche de roddels zouden verstommen, werd niet bewaarheid. Het bleef smeulen. Soms hoorde ik jaren niets en dan stak de roddel zijn kop weer op.'
De Cock keek haar strak aan.
'Zoals nu.'
'Precies... zoals nu. Ik weet wat er over mij gezegd wordt. Ik zou verantwoordelijk zijn voor de dood van Sjaan Streuffels. Ik zou tijdens de seance iets in haar koffie hebben gedaan.' Annette van Leeuwenhoek keek op en gebaarde hulpeloos. 'Wat kan ik er van zeggen... het is even zot als de bewering dat ik destijds mijn eerste man zou hebben gedood.'
Vledder boog zich naar haar toe.
'Volgens uitlatingen van uw schoonzuster zijn er voordien al enige moordaanslagen op haar gepleegd.'
Annette van Leeuwenhoek draaide zich half om. Om haar mond lag een meelijwekkend lachje.
'En dat gelooft u?'
Vledder trok zijn schouders op.
'Ik herhaal wat anderen zeggen.'
Ze schudde haar hoofd. Het lange grijze haar waaierde voor haar gezicht.
'Och, rechercheur,' begon ze schamper, 'ik had u toch wijzer gedacht. Wie is... of was Sjaan Streuffels... algemeen beter bekend als Zwarte Sophie? U moet dat type vrouw toch kennen? Onbetrouwbaar en met een ongebreidelde fantasie. In haar beste jaren was Sophie... hoe zal ik dat zeggen... een niet onknap, uiterst frivool vrouwtje van lichte zeden. Ik wil niet grover zijn. De enige verdienste die men haar kan toezwaaien is het feit, dat zij mijn eh... licht ontvlambare broer tot een huwelijk heeft weten te bewegen.'
Vledder strekte zijn vinger naar haar uit.

'U was tegen dat huwelijk.'
Annette van Leeuwenhoek grinnikte vreugdeloos.
'Uiteraard was ik daar tegen. Dat huwelijk kon toch nooit goed gaan. Het was duidelijk, dat zij mijn broer alleen maar had getrouwd om het kind, van wie zij in verwachting was, de naam Van Leeuwenhoek te geven... met alle financiële voordelen, die daaraan verbonden waren.'
'En zijn!'
Ze bewoog haar hoofd snel op en neer.
'Oké... en zijn. Die Richard is... God weet of het wurm nog leeft... officieel nog steeds de zoon van Charles.' Er kwamen plotseling blosjes op haar wangen. 'Moordaanslagen,' riep ze uit, 'sprak *zij* van moordaanslagen?' In haar stem sloop pure verontwaardiging. 'Weet u, dat zij een duivelse poging heeft ondernomen om Charles van het leven te beroven?'
'Zwarte Sophie?'
Annette van Leeuwenhoek snoof. Haar neusvleugels trilden.
'Ze reed op een avond met broer Charles, toen die licht was aangeschoten, in de wagen de garage van hun huis in, liet de motor draaien en deed daarna de deuren achter haar dicht. Door een of ander defect sloeg na enige tijd de motor af en kon Charles bijtijds worden gered. Toen Charles de feiten onder ogen werden gebracht, heeft hij op mijn aandringen... ja, op mijn aandringen... Sophie en haar rood kind het huis uit gestuurd.' Ze zweeg even; werd duidelijk kalmer. 'Charles is een sukkel. Hij had toen onmiddellijk stappen moeten ondernemen. Onze advocaten waren er van overtuigd, dat Sophie, gezien de omstandigheden, onder voor ons gunstige voorwaarden in een echtscheiding zou toestemmen.' Ze sloot even de ogen. 'Charles wilde niet. Integendeel, als hij zijn zin had gekregen, was hij na enige tijd op zijn knieën naar haar toe gekropen om haar te smeken of ze bij hem terug wilde komen.'
'Hij is nooit hertrouwd?'
Ze schudde haar hoofd.
'Het kon niet. Toen Sophie begreep, dat ze van Charles niets had te duchten, wees ze ieder aanbod om tot een echtscheiding te komen af.'
Vledder grijnsde.
'Zelfs bedreigingen hielpen niet?'
Annette van Leeuwenhoek reageerde fel.

'Zij is nooit bedreigd... niet door ons.'
De Cock stond op en liep naar het comfoortje.
'Hoe wilt u uw koffie?' vroeg hij vriendelijk.
Ze keek naar hem op. Een waakzame blik in haar ogen.
'Zwart... met een beetje suiker.'

8

De Cock keek Vledder bezorgd aan.
'Ik kan er echt niets aan doen,' sprak hij hoofdschuddend, 'maar wanneer bij moord vergif een rol speelt, heb ik steeds het ellendige gevoel, dat wij slechts het topje van de ijsberg zien.'
'Wat bedoel je?'
De Cock maakte een wat vermoeid gebaar.
'Volgens mij gebeuren er in ons lieve landje per jaar veel meer gifmoorden dan die paar, die ter kennis van de politie komen.'
Vledder glimlachte.
'Hoe kom je daar nu bij?'
De Cock trok een la van zijn bureau open en nam daaruit een vel met allerlei grafieken.
'Ik ben eens in onze statistieken gedoken,' zei hij bedachtzaam. 'Het valt mij op, dat er veel meer pogingen zijn dan moorden.'
'En?'
De Cock reageerde wat wrevelig.
'Dat kan volgens mij niet. Er is een onevenredig verschil. Ga maar na... twee moorden op meer dan honderd pogingen. Dat klopt niet. Het zouden er veel meer moeten zijn.'
'Waarom?'
De Cock legde zijn handen voor zich op het bureau.
'Waardoor worden pogingen tot vergiftiging bekend? Wel, het slachtoffer voelt zich niet prettig, heeft klachten en gaat naar de dokter. Wanneer die attent is en de symptomen goed interpreteert, herkent hij de vergiftiging en de zaak komt aan het licht.' Hij zweeg even; trok een triest gezicht. 'Maar wat gebeurt er als het slachtoffer sterft voordat hij zijn arts heeft kunnen vertellen wat zijn klachten zijn?'
Vledder keek hem verwonderd aan.

'Je bedoelt, dat hij dan mogelijk geruisloos onder de groene zoden wordt geschoven?'
De Cock grijnsde.
'Precies... dan is er vrijwel geen haan, die naar de moordenaar kraait.' Hij stak een wijsvinger op. 'Bedenk, dat bij gebruik van vergif altijd sprake is van voorbedachte rade... kalm, koel overleg en... een sluwe dader of daderes.'
Vledder slikte.
'Zou Annette van Leeuwenhoek...?' Hij aarzelde. 'Ze lijkt mij sluw en geraffineerd genoeg.'
De Cock weifelde even.
'Ik neem aan, dat onze oud-collega Bierdrager bij zijn onderzoek destijds een gedegen stuk werk heeft geleverd. Wij zijn nu twaalf jaar verder. Het heeft geen zin om zonder nieuwe aanwijzingen die zaak weer op te rakelen. Als Annette van Leeuwenhoek ook destijds cyanide heeft gebruikt, dan heeft exhumering geen zin meer. De cyanide is na ruim een half jaar uit de stoffelijke resten verdwenen. Alleen bij de vergiften thallium en arsenicum zouden we nog een kansje hebben. Als het graf al niet is ontruimd. Thallium en arsenicum zijn zware metalen. Ze blijven altijd aantoonbaar. Als er veel is toegediend en over langere perioden, dan werken die vergiften zelfs conserverend. De lichamen blijven langer intact. Ze mummificeren als het ware.'
Vledder boog zich naar voren.
'Dat weet je toch nooit?'
'Je bedoelt of Annette van Leeuwenhoek destijds thallium of arsenicum gebruikte?'
'Ja.'
De Cock schudde zijn hoofd.
'Een gifmengster heeft de neiging zich aan een bepaald vergif te houden... vooral als het eenmaal succes opleverde.' Hij keek op. 'Heb je een lijst van alle vrouwen, die op de seance aanwezig waren?'
Vledder knikte. Hij haalde uit de binnenzak van zijn colbert zijn notitieboek te voorschijn.
'Jennifer Jordan,' las hij hardop.
De Cock schudde zijn hoofd. 'Het medium. Blind. Ik geloof, dat zij de enige vrouw van de seance is, die wij als moordenares van Zwarte Sophie kunnen schrappen.'

'Tenzij ze een medeplichtige had.'
De Cock knikte instemmend.
'Dat lijkt mij helemaal geen gek idee.' In zijn stem klonk bewondering. 'Bijvoorbeeld: Christine van der Waal, haar vriendin... al of niet met medewerking van Harry Donkervliet, haar neef. Blijft natuurlijk de vraag met welk motief.' Hij wreef nadenkend over zijn kin. 'Wie hebben we verder?'
'Agatha van Keulen.'
De Cock lachte wat wrang. In zijn gedachten kwam een oud gerimpeld gelaat, vinnig, onder een dwaze strooien hoed.
'Een vrouw,' snoof hij, 'met genoeg venijn in haar ziel om tot een gifmoord in staat te zijn.'
Vledder grinnikte.
'Je hebt gelijk. De volgende op mijn lijstje is Mathilda van Lochem, de ondernemende zuster van onze officier van justitie.'
De Cock dacht diep na.
'Ik weet niet wat ik van haar denken moet. We hebben nog niet uitgebreid met haar gesproken. Ze lijkt me zo'n vrouw, die van achter gordijntjes loert.'
Vledder raadpleegde zijn notitieboek.
'Dan hebben wij Josefine Daalmeijer, tweeënvijftig jaar oud en vrouw van een makelaar. Zeer rijk, volgens de berichten. En dan Ineke Peeters, vrouw van een uiterst verstrooide professor in de biologie.'
De Cock fronste zijn wenkbrauwen.
'Biologie?'
Vledder keek op.
'Ja, biologie... is daar wat mee?'
De Cock zuchtte.
'Ze zou van haar man iets over toxicologie kunnen weten. Bijvoorbeeld de werking van land- en tuinbouwvergiften.'
'En cyanide wordt in de tuinbouw gebruikt.'
'Precies. En wie hebben we verder?'
'Marretje van der Vaart. Al jaren lid van de kring. Zij is drieënvijftig jaar oud en de vrouw van een schrijver van detectiveromans.'
De Cock grinnikte.
'We zouden het echtpaar eens kunnen benaderen. Misschien dat we van haar man iets kunnen leren.'
Vledder knikte wat afwezig.

'Dan hebben we Bobette van Zon. Zij is ongehuwd en een min of meer intieme vriendin van Agatha van Keulen. Agatha nam haar mee naar de seance om de plaats in te nemen van haar overleden zuster Martha.' Vledder pauzeerde even. 'En dan heb ik er nog één.'
'Wie?'
Vledder klemde zijn lippen op elkaar.
'Annette van Leeuwenhoek... ik blijf op haar gokken.'
De Cock plooide zijn gezicht in een milde grijns. Hij schoof de grafiek terug in de la van zijn bureau, keek op zijn horloge en stond op.
'Het is al over achten. Er valt vanavond voor ons niets meer te doen. Alle betrokkenen bij de moord zijn nu in seance bijeen.'
Vledder gniffelde.
'Inclusief commissaris en ooveejee*.'
De Cock schudde droef zijn hoofd.
'Om via de geesten van gestorvenen een aardse moordenaar te ontmaskeren.' Hij zuchtte diep. 'Je zou er om kunnen lachen, als het niet zo diep treurig was.' Hij kuierde naar de kapstok. 'Ik heb een veel beter idee.'
Vledder glunderde.
'Ik ken het... en het heet Smalle Lowietje.'
De Cock lachte bevrijd.
'Je mag nooit meer raden.'

In zijn regenjas, de ceintuur als een touw om zijn middel geknoopt, slenterde De Cock door de Lange Niezel en keek naar de mensen om hem heen. Hij observeerde hen graag. Mensen interesseerden hem. Ze waren uniek en hoe verdorven ook, elk een schepsel op zich.
De Cock had geen oog voor de uitbundige platen aan de muren van de sextheaters. En het woud van kunstpenissen in de etalages van de vele sexwinkeltjes keurde hij geen blik waardig. Sex, zo vond hij, was niet om naar te kijken, maar om te doen, om te beleven. En daar waren geen hulpmiddelen bij nodig. Bovendien stoorde zijn puriteinse ziel zich nog steeds aan het onbeschaamd etaleren van de intiemste handelingen van de mens. Zelfs een doorgewin-

*Veel gebruikte afkorting voor officier van justitie.

terde prostituée, bedacht hij, deed nog haar gordijntjes dicht als ze een klant ontving.
Vledder tikte hem op de schouder en wees heimelijk naar een zakkenroller, die schuin voor hen loerend achter een tasje sloop, dat bij een dame achteloos aan een arm bungelde. Toen de dame en haar begeleider een café binnenstapten, draaide de donkere zakkenroller zich om en liep duidelijk teleurgesteld terug.
De Cock en Vledder slenterden verder, via de Oude Kennissteeg naar de Achterburgwal. Op de hoek van de Barndesteeg schoven ze het stille cafeetje van Lowietje binnen.

Lowietje, in het wereldje van de penoze meestal Smalle Lowietje genoemd, begroette vooral de grijze speurder uitbundig.
'Goeiendag,' kirde hij vrolijk. 'Goeiendag.' Zijn spichtig muizensmoeltje straalde van genegenheid. Hij beschouwde De Cock al sinds jaar en dag als zijn persoonlijke vriend. 'Ik heb net nog in de krant de familieberichten doorgenomen om te kijken of je er bij stond.'
De Cock keek hem verwijtend aan.
'Je dacht toch niet, dat ik dood was?'
Smalle Lowietje hield zijn hoofd wat schuin.
'Nou,' sprak hij verongelijkt, 'je hebt je lange tijd niet laten zien.' Hij schoof zijn dunne onderlip naar voren. 'En sinds er zoveel mafkezen met blaffers rondlopen, houd ik mijn hart vast.'
De Cock lachte.
'Bezorgd... Lowie?'
De caféhouder maakte een onbestemd gebaar.
'Je moet dat puur zakelijk zien. Ik houd mijn klandizie graag op peil.' Hij dook aalglad onder de tapkast en kwam weer boven met een fles pure Franse cognac. 'Napoléon.' Hij hield haar omhoog en tikte met een kromme vinger op het fraaie etiket met VSOP in gulden letters. 'Zolang ik dit etablissement beheer,' sprak hij gedragen, 'zal deze fles altijd voor u klaar staan.'
De Cock deed zijn ogen even dicht en schudde zijn hoofd.
'Lowietje,' grinnikte hij blij, 'jouw trouw en tederheid ontroert mij.'
De caféhouder zette drie diepbolle glazen op de bar – hij dronk altijd een glas met de rechercheurs mee – en schonk behoedzaam in.

De Cock nam zijn glas op, schommelde het zachtjes in de hand en snoof de geur op. Op zijn gegroefd gelaat kwam een glans van opperste verrukking. Omzichtig nam hij een slok en liet het vocht genietend langs zijn dorstige keel glijden.
'Weet je, Lowie,' sprak hij dromerig, 'er zijn van die momenten, dat ik mij zelfs met het leven van een rechercheur kan verzoenen.'
Vledder en de caféhouder lachten luid, riepen 'Proost' en proefden hun cognac.
De Cock omklemde het glas met beide handen en zette het zachtjes voor zich neer. Het was een teder, haast devoot gebaar. Hij hield van cognac en genoot intens van de schaarse momenten, die de misdaad hem toestond in het schemerig intieme lokaaltje van Lowie door te brengen.
'Schenk nog eens in,' gebood hij.
Smalle Lowietje gehoorzaamde als een slaaf.
'Hoe is het aan de Warmoesstraat?'
De Cock bromde.
'Een gekkenhuis.'
'Heb je nog wat met die moord op de gracht van doen?'
De Cock keek naar hem op.
'Waar ze die seances houden?'
De caféhouder knikte instemmend.
'Daar is toch een vrouw vermoord?'
De Cock keek bedenkelijk.
'Zwarte Sophie. Die moet jij toch kennen?'
Smalle Lowietje grinnikte.
'Al jaar en dag. Ik kende Zwarte Sophie al toen ze nog in haar blote tietjes serveerde.' Hij gebaarde om zich heen. 'Ze hing hier vaak nog wat rond voordat die seances begonnen.'
De Cock nam zijn glas weer op.
'Heb eh... heb jij enig idee waarom ze die meid koud hebben gemaakt?'
De caféhouder schudde meewarig het hoofd.
'Ik heb ook niets horen fluisteren in de buurt. De jongens van de penoze vinden het maar gek. Volgens hen gebeuren er in dat huis aan de gracht vreemde dingen.'
De Cock keek hem niet-begrijpend aan.
'Wat voor vreemde dingen?'
'Nou... met dode geesten en zo. Ze hebben mij verteld, dat ze ook

wel eens een tafel laten dansen.'
De Cock glimlachte.
'Dat is nog wat anders dan moord.'
Smalle Lowietje keek om zich heen en boog zich toen iets naar hem toe. 'Weet u, dat ze stinkend rijk is?'
'Wie?'
'Dat wijf... dat blinde wijf, dat daar die spiritistische seances houdt.'
'Jennifer Jordan?'
Smalle Lowietje trok een ernstig gezicht.
'Ze moet een enorm vermogen hebben geërfd van haar vader. Schilderijen, sieraden en een kostbare postzegelverzameling. Haar vader was een of andere hoge hotemetoot uit Engeland. Een lord of zoiets, die in een onbewaakt ogenblik met een Hollands grietje was getrouwd.'
'De moeder van Jennifer?'
De caféhouder trok zijn schouders op.
'Ik heb die moeder nooit gekend. Jennifer wel. Ik ken haar nog uit de tijd, dat zij niet blind was.' Hij zweeg; nipte behaaglijk van zijn cognac. 'Toen hebben we nog wel eens plannetjes gemaakt.'
'Wie?'
'Ik en een paar jongens uit de penoze.'
'Wat voor plannetjes?'
Smalle Lowietje trok wat onwillig zijn schouders op.
'Om eh... om eens bij haar te gaan kijken. Begrijp je... als ze niet thuis was.'
'Inbreken.'
De caféhouder grijnsde.
'Jij gebruikt altijd van die nare woorden.' Het klonk wat spottend. 'Inbreken... gewoon eens kijken of er wat te halen viel.'
De Cock keek hem scherp, onderzoekend aan.
'En dat is nooit gebeurd?'
Smalle Lowietje schudde zijn hoofd.
'Voor wij onze plannetjes goed en wel klaar hadden, hoorden wij dat Jennifer blind was geworden.'
'Het ging niet door?'
De caféhouder keek wat bedroefd.
'Van een blind mens steel je toch niet?'
De Cock keek hem glimlachend aan. Hij hief zijn glas op.

'Je hebt gelijk, Lowie... mijn karakter... van een blind mens steel je niet.'

Het was al donker toen Vledder en De Cock het café verlieten. Het regende een beetje. Maar de business op de walletjes was in vol bedrijf. Langzaam schuifelden de vele hongerigen en nieuwsgierigen langs de verlichte etalages met vrouwen en meisjes in zacht roze.
De Cock schoof zijn hoed wat naar voren en sjorde zijn ceintuur vast. Hij blikte opzij naar Vledder.
'Het is al laat. Ik zou maar naar huis gaan. Morgen is er weer een dag.'
'En jij?'
De Cock glimlachte.
'Ik loop nog even langs de Warmoesstraat en dan ga ik ook naar huis. Ik krijg toch al klachten over mijn echtelijke trouw.'
Vledder wuifde en verdween in de menigte. Met zijn handen diep in de zakken van zijn jas slenterde De Cock terug. Buiten de besloten sfeer van het cafeetje voelde hij zich wat triest. Hij had een vreemd, onbestemd gevoel dat er iets was gebeurd. Iets waarmee hij persoonlijk te maken had. In de Warmoesstraat groette hij een paar dienders, stapte het bureau binnen en liep naar de balie.
Meindert Post keek op. Om zijn lippen een grijns.
'Jouw baas,' riep hij spottend, 'doet het beter dan jij.'
De Cock fronste zijn wenkbrauwen.
'Baas?'
De wachtcommandant knikte.
'Hij heeft samen met onze officier van justitie de moordenaar gearresteerd. We hebben hem in de cel.'
'Welke moordenaar?'
Meindert Post grijnsde breed.
'Van Zwarte Sophie.'

9

Met een gezicht als een dreigende donderwolk stapte De Cock de kamer van commissaris Buitendam binnen. Hij had de smoor in.

Hij hield er niet van als anderen in zijn onderzoek wroetten. In het verleden had hij zich daar altijd heftig tegen verzet. Het feit dat zijn eigen chef, nog wel gesteund door een officier van justitie, de euvele moed had om in zijn zaak een arrestatie te verrichten, zat hem hoog. Breed, ongenaakbaar, bleef hij voor het bureau van Buitendam staan.

'U had mij laten roepen?' vroeg hij afgebeten.

Op het smalle, inbleke gelaat van de commissaris lag een brede glimlach, speels, bijna uitdagend.

'Inderdaad, De Cock,' zei hij geaffecteerd. 'We moeten die moordaffaire in dat huis aan de gracht eens met elkaar doornemen.' Hij gebaarde naar de stoel naast zijn bureau. 'Ga zitten.'

De Cock schudde zijn hoofd.

'Ik verkies te staan,' sprak hij nors.

De commissaris friemelde aan zijn parelgrijze stropdas.

'Zo je wilt, De Cock.' Hij kuchte. 'Het lijkt mij toe, dat die moordzaak nu zo goed als zeker is geklaard.'

De Cock trok een effen gezicht.

'Gefeliciteerd.'

De commissaris leunde iets achterover.

'Het was een inspirerend idee van Mathilda eh... ik bedoel mevrouw Van Lochem. De spiritistische seance, die men voor de officier van justitie en mij had gearrangeerd, was een overweldigend succes. Dat moet ik zeggen. Het medium, die mevrouw Jordan, is bijzonder sensitief. Ze had vrijwel onmiddellijk contact met de geestenwereld. Indrukwekkend. Reeds bij de tweede manifestatie wees het bord die Harry als de dader aan.'

De Cock kneep zijn ogen wat toe.

'Harry Donkervliet?'

Commissaris Buitendam knikte.

'Juist, Harry Donkervliet, de neef van het medium Jordan. Wij zijn gisteravond onmiddellijk tot arrestatie overgegaan.'

De Cock keek hem wat schuins aan.

'Op basis van die eh... die mededeling van een geest?'

Commissaris Buitendam schudde zijn hoofd.

'Niet alleen. Het was een uitgangspunt. Meer niet. Na die mededeling wisten wij op wie wij onze aandacht dienden te richten.'

De Cock grinnikte ongelovig.

'Op Harry Donkervliet.'

Commissaris Buitendam knikte opnieuw. Heftig.
'Er kwamen toen ook verrassende dingen aan het licht. Uit een reeks summiere verhoren van de aanwezige vrouwen bleek, dat die Harry Donkervliet vrijwel de enige was die op die bewuste dag vergif door de koffie had kunnen mengen. Hij was daartoe ruimschoots in de gelegenheid.'
'Toen heeft u hem gearresteerd?'
'Ja.'
'Heeft hij al een bekentenis afgelegd?'
Commissaris Buitendam antwoordde niet direct. Hij pakte een vulpen van zijn bureau en speelde daarmee. 'De jongen ontkent nog,' begon hij aarzelend. 'De officier van justitie en ik zijn van mening, dat hij nog eens aan een streng verhoor moet worden onderworpen.' Hij legde zijn pen weer neer en keek langzaam omhoog. 'Het leek ons het beste, dat jij dat verhoor zou doen. Het valt niet te ontkennen, jij hebt buitengewoon veel ervaring in dat soort zaken.'
De Cock haalde diep adem. Een woede steeg in hem op. Hij voelde hoe het bloed met grotere snelheid door zijn aderen begon te stromen. Zijn gezicht werd rood en zijn vingertoppen tintelden. Hij had willen schreeuwen, dat de commissaris en de officier wat hem betrof naar de hel konden lopen, dat hij er geen moer voor voelde om Harry Donkervliet te verhoren, maar hij beheerste zich, al kostte het hem oneindig veel moeite. Hij balde zijn handen tot vuisten, waarbij de nagels diep in de palmen van zijn hand drongen. Even nog sidderde hij; toen slikte hij zijn woede weg.
'Ik zal,' sprak hij hoofdknikkend, 'het verhoor doen.'
Op het gezicht van de commissaris kwam een glimlach.
'Heel goed, De Cock,' zei hij duidelijk opgelucht. 'Dat is waarlijk een pak van mijn hart. Ik weet, dat het dan in goede handen is.'
De Cock beet op zijn onderlip.
'Heeft u getuigen?'
De commissaris keek hem verwonderd aan.
'Wat voor getuigen?'
De Cock werd een beetje kregel.
'Mensen, die daadwerkelijk hebben gezien dat Harry Donkervliet vergif in een van de kopjes deed.'
Commissaris Buitendam lachte hautain.
'Uiteraard niet, De Cock. Die jongen is slim. Wat dacht je. Dat

blijkt uit alles. Hij deed die dag, zoals gebruikelijk, zelf niet aan de seance mee. Terwijl de anderen hun aandacht op het medium hadden gericht, kon hij ongestoord en in alle rust zijn snode plannen uitvoeren.' Hij pauzeerde even en kuchte. 'De officier van justitie en ik hebben ons er achteraf over verbaasd, dat jij en Vledder bij jullie eerste onderzoek ter plekke al niet tot de arrestatie van die Harry Donkervliet zijn overgegaan.'
De Cock streek over zijn kin. Zijn lippen krulden tot een grijns.
'Wij misten toen de hulp van een zich manifesterende geest.'
Het klonk zoet, cynisch.
Commissaris Buitendam keek peinzend op. De ondertoon was hem niet ontgaan.
'Het zou toch niet onverstandig zijn, De Cock,' sprak hij belerend, 'als jij je wat meer in die transcendente zaken zou verdiepen. Het kan belangrijk zijn in deze zaak. Ik persoonlijk ben er van overtuigd, dat er zo nu en dan berichten vanuit het hiernamaals tot ons komen. Wij moeten daarvoor open staan.'
De Cock snoof. De toon van de commissaris prikkelde hem. Zijn woede kwam weer boven.
'Wat die luitjes in dat huis aan de gracht uitspoken,' brieste hij, 'is hun zaak. Maar als ze elkaar daar geniepig om zeep helpen, zal ik daar wat aan doen... op mijn manier.' Hij ademde diep. 'Er is nog nooit een moord door een medium opgelost... al is ze nog zo sensitief. En als de buitenwereld... God verhoede het... ervaart, op welke gronden Harry Donkervliet werd gearresteerd, dan vrees ik het ergste voor uw carrière... en die van de officier van justitie.'
Commissaris Buitendam stond op. Zijn gezicht zag rood. Trillend strekte hij zijn arm.
'Eruit.'
De Cock ging.

De Cock plofte op de stoel achter zijn bureau. Zijn gezicht zag grauw en de lijnen rond de mond leken verdiept. Het onderhoud met Buitendam had hem aangegrepen. Hij was het bij de behandeling van zaken met zijn chef dikwijls oneens geweest, waren er twistgesprekken, vaak heftig, emotioneel, maar tot nu toe had de commissaris hem altijd zijn gang laten gaan. Nooit was hij persoonlijk tussenbeide gekomen. Hij zuchtte zwaar, dreef de woede uit zijn longen.

'Ze hebben gisteravond laat Harry Donkervliet gearresteerd,' sprak hij mat.
Vledder keek verrast op.
'Wie?'
'De commissaris en de officier van justitie.'
'Op basis waarvan?'
'Op een wenk van de geesten en het feit, dat Harry tijdens de seances koffie zet.'
Vledder knikte traag voor zich uit.
'Dan zijn ze ons voor.'
De Cock keek hem gespannen aan.
'Hoe bedoel je?'
Vledder trok wat nonchalant zijn schouders op.
'Ik heb je destijds al gezegd dat we die Harry Donkervliet zouden moeten arresteren. Ik heb dat toen ook gemotiveerd. Hij alleen had er belang bij dat de sporen van het vergif zo snel mogelijk verdwenen.'
De Cock trok rimpels in zijn voorhoofd.
'Meen je dat echt?' vroeg hij. 'Denk je werkelijk, dat Harry Donkervliet Zwarte Sophie om het leven heeft gebracht?'
Vledder knikte nadrukkelijk.
'Dat denk ik, ja. Feitelijk al vanaf het begin. Ik had er echter begrip voor, dat jij met zijn arrestatie wilde wachten tot je over wat meer bewijsmateriaal beschikte, maar aan zijn schuld heb ik nooit getwijfeld. Ik ben er van overtuigd, dat hij de dader is.'
De Cock keek hem vol aandacht aan.
'Overtuigd,' herhaalde hij. 'Ik heb commissaris Buitendam,' ging hij bedachtzaam verder, 'de toezegging gedaan, dat ik Harry Donkervliet aan een verhoor zou onderwerpen. Ik ga terug om te vragen of jij dat verhoor mag doen.'
'Waarom?'
De Cock schudde zijn hoofd.
'Ik ben er niet de juiste man voor. Die overtuiging namelijk... die mis ik.' Hij stond op en slenterde naar de deur. Plotseling bleef hij staan en draaide zich om. 'Vraag aan Harry of hij een dure vriendin heeft.'
Vledder keek hem verrast aan. 'Een dure vriendin?'
De Cock grinnikte.
'Die brengt een man soms op vreemde ideeën.'

De Cock wandelde over het brede trottoir van het Damrak. Regenvlagen striemden in zijn gezicht. Hij trok de kraag van zijn jas omhoog. Het was guur, te guur voor de tijd van het jaar. De terrasjes waren verlaten en bij de tramhalte stonden de mensen dicht bij elkaar. Vanaf het Damrak sloeg hij de Zoutsteeg in, stak de Nieuwendijk over en slenterde door de Gravenstraat. Zijn blik gleed omhoog naar de smeedijzeren uithangborden, piepend in de wind: de 'Drie flesjes', de 'Drie pilletjes', de 'Drie kaarsjes'. Het was hier, in de bloemenzaak de 'Drie rooskens', dat – hoe lang al weer geleden? – het mysterie van het sombere naakt begon. Hij stapte de winkel voorbij. Achter de toonbank stond een andere madelief.
Via de Molsteeg sjokte hij naar de Torensluis. Hij voelde zich wat triest, melancholiek, en ook een tikkeltje verlaten. Waarom was de commissaris zonder zijn medeweten tot arrestatie overgegaan? Het was nog nooit gebeurd. Had die officier van justitie hem beïnvloed? Hoelang doolde hij al in het wereldje van de misdaad rond? Twintig, dertig jaar... of was het nog langer? Waar bemoeide zo'n man zich mee. Hij trok een zakdoek uit zijn broekzak en wiste de regen van zijn gezicht. Het was verwonderlijk. Steeds weer bleken mensen in staat hem voor vrijwel onoplosbare problemen te plaatsen. Hij borg zijn zakdoek op. Er was volgens zijn gevoel iets vreemds aan die moord op Zwarte Sophie. Er viel geen lijn in te ontdekken. Er was geen steekhoudend motief. Het leek zo zinloos, net alsof ze per ongeluk was vermoord. Hij bleef even staan; dacht na. Kon dat? Een felle windstoot blies bijna de hoed van zijn hoofd. Hij vloekte binnensmonds en liep verder via de Oude Leliestraat naar de Herengracht.
Voor nummer achtentachtig bleef hij staan en keek omhoog. Een fraai oud grachtenpand met een sierlijke trapgevel en een karakteristieke blauwstenen stoep. Langzaam liep hij de stoep op. Boven, naast de deur, op een geelkoperen plaat met zwarte verzonken letters, stond 'Mathilda van Lochem'. De Cock grijnsde en drukte op de bel.
Het duurde een paar minuten. Toen werd de deur opengedaan. Behoedzaam, voorzichtig, tot op een kier. De Cock zag in de nauwe opening een wolk van zilvergrijs haar en een paar priemende groene ogen. Ze blikten hem argwanend toe. Langzaam werd de deur verder geopend. De Cock keek haar schuins, schattend aan.

Ze zag er gedegen uit, wat ouderwets, in een grijsgrauw mantelpakje van een grove tweed. In het volle licht waren haar ogen vriendelijker. Zachter. Niet zo nadrukkelijk spiedend. Om haar mond danste een glimlach van herkenning.
'Wat een verrassing,' riep ze opgewekt, vrolijk, 'in eigen persoon... rechercheur De Cock.'
De rechercheur glimlachte.
Ze deed de deur achter hem dicht. Zorgvuldig. Met een grendel en een ketting. Daarna keek ze bezorgd naar hem op. 'U bent helemaal nat,' stelde ze vast. 'Doe gauw uw regenjas uit. U moet heel voorzichtig zijn met dit weer. We zitten midden in de hondsdagen. En dat is een verraderlijke tijd.'
De Cock knikte. Zijn gezicht met de vriendelijke trekken van een goedaardige bokser kreeg een milde uitdrukking. 'U doet mij denken aan mijn moeder. Het oude mens... ze was nogal bijgelovig.' Hij hing zijn jas aan de kapstok. 'Ook zij waarschuwde altijd. Moeder had een hekel aan deze tijd van het jaar. Ik denk een soort voorgevoel. Ze is ook tijdens de hondsdagen gestorven.'
'Rustig?'
De Cock staarde voor zich uit; beet op zijn onderlip. De herinneringen aan zijn moeder waren hem dierbaar.
'Heel rustig,' sprak hij zacht. 'En tot het laatste moment helder van geest. Ze wist wat er ging gebeuren, maar er was geen angst, geen doodsstrijd. Veeleer een gelaten berusting met een glans van blijheid.'
Mathilda van Lochem keek naar hem op.
'Men zou wensen, dat alle mensen zo stierven.'
De Cock knikte nadenkend.
'Het zou mijn werk als rechercheur aanmerkelijk verlichten. Er was dan beslist minder agressie, minder geweld, minder moord.'
Mathilda van Lochem reageerde niet direct.
'U bedoelt te zeggen,' zei ze na een poosje, 'dat een gewelddadige dood voor het slachtoffer geen ruimte laat voor bezinning.'
De Cock knikte.
'Welke kans heeft Zwarte Sophie gehad om zich op haar dood voor te bereiden?'
Mathilda van Lochem antwoordde niet. Ze draaide zich om en ging hem voor door een lange met marmer beklede gang. Bijna aan het eind, links, opende ze een deur naar een gezellige kamer met

vignetten, randversieringen en meubelen in Jugendstil. Het interieur was bijna volmaakt, zonder storende dissonanten. Ze wees uitnodigend naar een kleine bank en ging tegenover hem in een fauteuil zitten. Kalm, de handen in haar schoot.
'U interesseert zich voor de dood?'
De Cock schudde zijn hoofd.
'Niet voor de dood,' sprak hij bedachtzaam, 'maar voor het leven. Dood is voor anderen het einde. Voor mij... als rechercheur, is het het begin... het begin van een speurtocht naar een levende moordenaar.' Hij blikte naar haar op. 'Of moordenares.'
Ze ontweek zijn blik.
'Is dat de reden van uw bezoek?'
De Cock glimlachte.
'Mijn collega Vledder schetste u als een pientere vrouw, die haar ogen goed de kost gaf. Dat leek mij reden genoeg om eens nader kennis met u te maken.'
Op haar bleke wangen kwam een lichte blos.
'U werkt nog steeds aan de moord op Zwarte Sophie?'
'Inderdaad.'
Er kwam een verschrikte blik in haar ogen.
'Maar uw commissaris en mijn broer hebben gisteravond toch Harry Donkervliet gearresteerd?'
De Cock knikte traag.
'Dat hebben ze,' sprak hij gelaten.
Mathilda van Lochem slikte. Ze boog zich iets naar voren.
'En u eh... u eh... denkt niet, dat hij de moordenaar is?'
De Cock schudde zijn hoofd.
'Ik mis het motief. Dat is er niet. Althans, ik ken het niet. Welke relatie bestond er tussen Harry Donkervliet en Zwarte Sophie?'
Ze trok haar schouders op.
'Voor zover ik weet... geen enkele. Trouwens... niemand van de kring onderhield nauwere relaties met Zwarte Sophie. Men vond haar algemeen te ordinair. Ook haar reputatie was niet glanzend. Vanwege haar familierelatie met Annette van Leeuwenhoek werd ze min of meer geduld. Alleen Jennifer Jordan, ons medium, scheen nogal gecharmeerd van haar.'
'Waarom?'
Mathilda van Lochem maakte een triest gebaar.
'Ik denk, dat ze astraal ongeveer op dezelfde golflengte zaten.' Ze

zweeg. Schudde haar hoofd. Op haar gezicht kwam een pijnlijke uitdrukking. 'Als ik er aan denk... Jennifer Jordan wilde niet. Louter en alleen op mijn aandringen heeft ze die laatste seance gehouden. Als Harry Donkervliet, haar neef, met de moord op Zwarte Sophie echt niets uitstaande heeft, dan durf ik haar nooit meer onder ogen te komen.'
De Cock lachte bescheiden.
'Onder ogen komen... een vreemde uitdrukking ten opzichte van een vrouw, die niet kan zien.'
Ze keek naar hem op.
'Binnenkort.'
'Wat?'
Mathilda van Lochem gebaarde voor zich uit.
'Binnenkort kan Jennifer Jordan weer zien. Professor Hemminga uit Groningen zal haar de komende maand opereren. Volgens hem krijgt Jennifer haar gezichtsvermogen helemaal terug.'
'Dat is verheugend nieuws. Hoelang is Jennifer al blind?'
Mathilda van Lochem streek met de toppen van haar vingers over haar voorhoofd. Op haar gezicht lag een peinzende uitdrukking.
'Dat is toch zeker een jaar of vijftien. Ik herinner het mij nog goed. Het was een hele schok voor ons toen ze plotseling blind werd.' Ze zweeg even. 'In onze spiritistische kring zien we een beetje tegen die operatie op.'
De Cock fronste zijn wenkbrauwen.
'Waarom?'
Mathilda van Lochem zuchtte.
'Jennifer Jordan is de laatste jaren uitgegroeid tot een uitstekend medium, dat snel contact legt met de geesten om ons heen. Wij, van de kring, denken dat haar blind-zijn... de duisternis waarin zij leeft, daarmee verband houdt.'
De Cock knikte begrijpend.
'Het is de vraag of ze zich na haar operatie nog zo goed op het bovenzintuiglijke zal kunnen concentreren.'
'Juist, we willen haar als medium niet verliezen.'
De Cock keek haar scherp aan.
'Ook niet als ze de vreugde van het licht terugkrijgt?'
Ze kneep haar ogen even toe.
'U hebt gelijk... het zijn zelfzuchtige gedachten.'
De Cock stond op.

'U vertelt uw broer, de officier van justitie van dit onderhoud?'
Ze schudde haar hoofd.
'Ik zal hem niet meer beïnvloeden. Ik weet, dat hij naar mij luistert. Dat deed hij al als kind.' Ze liep achter hem aan de gang op. 'Ik hoop voor hem en voor mij dat u, met betrekking tot Harry Donkervliet, ongelijk hebt.'
De Cock reageerde niet. Hij trok zijn nog natte jas aan en zette zijn hoed op. Voor hij de deur uitstapte keek hij haar aan, scherp, observerend.
'Mevrouw Van Lochem... hoe drinkt u uw koffie?'
Ze blikte naar hem op. Waakzaam.
'Zwart... puur zwart.'

10

Vanaf de Herengracht slenterde De Cock langzaam terug naar de Warmoesstraat. Het regende niet meer. Een nog waterig zonnetje gluurde af en toe om donkere wolken met een zilveren rand. De wereld om hem heen leek dan wat vrolijker, minder bedrukt. Het beurde hem op. In zijn hart gloorde een sprankeltje hoop dat hij, ondanks zijn sombere gedachten, het mysterie rond de moord in seance toch zou kunnen ontrafelen. Hij dacht diep na over het motief. Onmiddellijk ging de zon weer achter een wolk schuil. Hoofdschuddend liep hij verder. Welke theorie hij ook trachtte op te bouwen... steeds stuitte hij op het waarom... het waarom van de moord op Zwarte Sophie.
Toen hij het politiebureau binnenstapte, verhief Meindert Post luidkeels zijn stem. De Cock liep naar de balie en keek hem aan.
'Weet je, Meindert,' sprak hij vriendelijk, 'ik vraag mij af hoelang de muren van dit gebouw nog weerstand bieden aan jouw gebrul. Vandaag of morgen stort de boel hier in elkaar.'
Meindert lachte luid en gebaarde omhoog.
'Er zit boven weer een vent op je te wachten.'
'Vledder is er toch?'
De wachtcommandant uit Urk knikte.
'Dat zei ik hem ook, maar dat interesseerde hem niet. Hij wilde per se met jou spreken.'

'Wat is het voor een vent?'
Meindert Post trok zijn schouders op.
'Hij heeft een manke poot.'
De Cock glimlachte en vloog met twee treden tegelijk de brede stenen trap op. Op de tweede etage, in de gang, op een bank zat Gerard van Klaverbeek. Toen hij De Cock in het oog kreeg, kwam hij moeizaam overeind. Zijn ruw gezicht stond strak.
'Ik moet met u praten,' sprak hij ernstig.
De Cock drukte hem hartelijk de hand.
'Hoe gaat het?' vroeg hij belangstellend.
Gerard van Klaverbeek negeerde de vraag.
'Weet u al wie Sjaan heeft vermoord?' vroeg hij bot.
Het gezicht van De Cock versomberde.
'Nog niet. En ik moet u eerlijk bekennen, dat ik ook nog geen enkel lichtpuntje zie.'
Van Klaverbeek knikte traag voor zich uit.
'Sjaan wordt morgen begraven. Er komen een paar zusters van haar en wat familie van mijn kant.' Hij keek op; een norse trek om zijn mond. 'Ik waarschuw je, De Cock.' Zijn stem klonk dreigend. 'Als morgen Charles van Leeuwenhoek of zijn zuster op de begraafplaats verschijnt, rijg ik ze hoogst persoonlijk aan het mes.' Hij friemelde wat nerveus in een van de zijzakken van zijn colbert en haalde daaruit een slanke stiletto. Hij perste zijn lippen samen. 'Die heb ik alvast gekocht. Voor het geval dat ze komen. Je kunt hem nu van mij afnemen. Daar heb je het recht toe. Maar dan koop ik direct om de hoek weer een nieuwe.'
De Cock haalde gelaten zijn schouders op.
'Dat is dwaasheid. Ik kan een man moeilijk verbieden om de begrafenis van zijn eigen vrouw bij te wonen.'
Gerard van Klaverbeek zwaaide heftig. Zijn gezicht zag rood en zijn lippen trilden.
'Ze is zijn vrouw niet,' siste hij fel. 'Ze is het nooit geweest.'
De Cock legde kalm zijn hand op de schouder van de invalide man. 'Kom,' sprak hij sussend, 'ga eens met mij mee. Je wilde toch met mij praten?' Hij leidde Gerard van Klaverbeek met zachte dwang naar een verhoorkamertje en liet hem plaatsnemen. Daarna ging hij tegenover hem aan tafel zitten en leunde naar voren.
'Ik geloof niet,' begon hij langzaam, nadrukkelijk, 'dat jouw haat jegens Charles van Leeuwenhoek wel gerechtvaardigd is. Je moet

daar maar eens goed over nadenken. Ik heb uitgebreid met Charles gesproken en ik ben er niet zo zeker van, dat hij, op wat voor manier dan ook, verantwoordelijk is voor de dood van jouw Sjaan.'

Van Klaverbeek spreidde zijn armen in wanhoop.

'Wie dan wel?'

De Cock antwoordde niet direct.

'Er moeten in het leven van Sjaan toch aanknopingspunten te vinden zijn, die naar haar moordenaar of moordenares leiden?' Hij keek gespannen naar de bouwvakker op. 'Jij kent haar al vanaf haar zeventiende jaar.'

Van Klaverbeek knikte. De norse trekken in zijn gezicht vergleden. Er kwam iets dromerigs voor in de plaats.

'Ik wist alles van haar.'

De Cock boog zich verder naar hem toe. Vertrouwelijk.

'Alles... en was daar niets bij, dat verband kan houden met haar dood?'

'Die aanslagen... door de Van Leeuwenhoeken. Daar heb ik je van verteld.'

De Cock knikte.

'Maar verder? Ik bedoel... heeft Sjaan jou wel eens dingen verteld uit de tijd van vóórdat jij haar leerde kennen?'

Gerard van Klaverbeeks gezicht kreeg een trieste uitdrukking.

'Dat was allemaal niet zo interessant. Armoe troef.' Hij zweeg even. 'Als we wat krap bij kas zaten, zei Sjaan wel eens: als de oude lord nu nog leefde, zou ik even bij hem aankloppen.'

De Cock trok rimpels in zijn voorhoofd.

'De oude lord?'

Van Klaverbeek zuchtte.

'Sensatie... pure sensatie. Je weet hoe vrouwen soms zijn... romantisch met wilde dromen van geluk en rijkdom.'

'Wat was er met die lord?'

Van Klaverbeek verschoof iets op zijn stoel.

'Ach,' riep hij wat onwillig, 'een keukenmeidenverhaal. Meer niet. Zie je, de moeder van Sjaan heeft haar hele leven de hoer gespeeld. Ze begon al heel jong. Volgens Sjaan was ze nog geen veertien jaar toen ze al klantjes van de straat pikte. Samen met haar nichtje Clara. Zij brachten de mannetjes gewoon mee naar huis en de ouders knepen een oogje toe.'

'Ze profiteerden mee.'
Gerard van Klaverbeek knikte instemmend.
'Precies. Het was sappelen in die tijd. Je kon het die ouders niet eens kwalijk nemen. Het was pompen of verzuipen. Er was weinig werk en ze hadden hokken vol kinderen. Volgens de verhalen waren het mooie meiden. En dat geloof ik ook wel. Dat zag je aan Sjaan. Die leek op haar moeder. Die twee konden ook aardig zingen, samen. Gevoelige duetjes. Liedjes van Dirk Witte. Ze traden wel eens op in zo'n tingel-tangel. Daar moeten ze dan die lord hebben leren kennen. Een Engelse knakker met jeuk en veel poen.'
'Hoe liep het af?'
Gerard van Klaverbeek spreidde zijn armen.
'Dat weet ik niet zo precies. Het interesseerde mij ook maar matig. Er waren zoveel verhalen uit die tijd. Het schijnt, dat Clara later met die lord is getrouwd. Hoe het ook zij, na dat huwelijk van Clara werd Sjaan er door haar moeder vaak op uitgestuurd om wat geld van de lord los te peuteren.'
'En dat lukte?'
Van Klaverbeek glimlachte.
'Dat denk ik. Vandaar haar latere kreet: als de oude lord nu nog leefde, zou ik even bij hem aankloppen.'
De Cock wreef over zijn gezicht. Die oude geschiedenis intrigeerde hem. Het was voor het eerst tijdens zijn onderzoek, dat hij een verband zag.
'De oude lord is dood... leeft nicht Clara nog?'
Van Klaverbeek schudde zijn hoofd.
'Ik denk niet, dat ze nog leeft. De moeder van Sjaan is al jaren dood en volgens Sjaan waren zij en Clara ongeveer even oud.'
'Ken je Jennifer Jordan?'
Van Klaverbeek gebaarde vaag om zich heen.
'Ik heb die naam wel eens horen noemen.'
De Cock keek hem scherp aan.
'Ze is blind en was het medium tijdens de seance, waarin Sjaan stierf.'
Van Klaverbeek lachte stroef.
'Sjaan vertelde mij nooit iets van dat spiritistische gedoe. Ze wist dat ik er niet in geloofde en dat het mij feitelijk niet zinde, dat ze er heen ging. Daarom sprak ze er nooit over.'

'Je hebt nooit een seance bijgewoond?'
'Nee. Sjaan heeft wel een paar keer geprobeerd mij mee te tronen, maar ik heb steeds geweigerd. Ik ben geen man om zich te laten belazeren.'
De Cock stond op. Vanuit de hoogte keek hij naar de wat bonkige gestalte en het koperrode haar in warrige krulletjes.
'Hoe dronk Sjaan haar koffie?'
De invalide bouwvakker keek verrast op.
'Met veel melk en veel suiker.'
De Cock knikte traag. Hij hielp Van Klaverbeek bij het opstaan en leidde hem naar de gang. Daar stak hij zijn rechterhand uit. De handpalm open naar voren.
De bouwvakker keek hem niet-begrijpend aan.
'Wat is er?' vroeg hij wat verward.
De Cock glimlachte beminnelijk.
'Die stiletto... en ik verwacht, dat je om de hoek geen nieuwe koopt.'
Gerard van Klaverbeek blikte naar hem op. Even aarzelde hij nog. Toen tastte zijn hand naar de zijzak van zijn colbert.

Het gezicht van Vledder toonde verbazing.
'Dat heb je van Gerard van Klaverbeek?'
De Cock knikte.
'Hij kwam er mee toen ik hem vroeg of Sjaan hem wel eens iets had verteld uit de tijd vóórdat hij met haar omging.'
'Spontaan?'
'Die indruk had ik wel. Van Klaverbeek is er de man niet naar om te veinzen.'
'Het sluit volkomen aan bij het verhaal van Smalle Lowietje, dat Jennifer Jordan een kind was van een rijke Engelse lord.'
'Precies.'
'Het zou ook betekenen, dat Jennifer Jordan en Zwarte Sophie elkaar al van kindsbeen af kenden. Tenminste... daar kunnen we wel van uitgaan. Hun moeders waren nichten van elkaar.'
De Cock grinnikte.
'En compagnons in de prostitutie. Ik begin nu ook te begrijpen waarom Jennifer Jordan een bijzondere sympathie voor Zwarte Sophie koesterde.'
Vledder staarde nadenkend voor zich uit.

'Dan moet haar plotselinge dood Jennifer Jordan toch wel sterk hebben aangegrepen.'
De Cock fronste zijn wenkbrauwen.
'Je bedoelt sterker dan de geringe emotie, die zij ons toonde?'
Vledder streek over zijn blonde haren.
'Ze was koel. Bijna gereserveerd. En dat is vreemd. Vooral als je bedenkt, dat zij, evenals Annette van Leeuwenhoek, onmiddellijk moet hebben geweten voor wie de mededeling 'Sjaan sterft' bestemd was.' Hij zweeg even en trok een peinzend gezicht. 'Als ik er goed over nadenk, dan ligt het motief voor de moord in de driehoek Jennifer Jordan, Annette van Leeuwenhoek en Harry Donkervliet.'
'Hoe?'
Vledder trok wrevelig zijn schouders op.
'Daar ben ik nog niet helemaal achter. Maar het lijkt mij toch zinvol om de achtergronden van die drie nog eens nader te bekijken.'
'Heb je Harry Donkervliet al verhoord?'
Vledder knikte.
'Vanmorgen... twee uur lang.'
'En?'
De jonge rechercheur schudde zijn hoofd.
'Hij ontkent met armen en benen. Ik heb van alles geprobeerd, maar hij blijft bij het verhaal, dat hij ons in eerste instantie deed.'
De Cock glimlachte.
'Misschien hebben de geesten zich wel vergist en was het toch Harry niet.'
Vledder reageerde ongewoon fel.
'De geesten hadden het ook bij het rechte eind toen ze Sjaan als slachtoffer aanwezen.'
De Cock keek verrast naar hem op. Hij kneep zijn ogen half toe.
'Jij gelooft echt, dat geesten van gestorvenen vanuit het schimmenrijk mededelingen aan ons doen?'
Vledder negeerde de vraag.
'Commissaris Buitendam heeft na mijn verhoor overleg gepleegd met de officier van justitie,' sprak hij ontwijkend. 'Ondanks zijn ontkenning willen ze Harry Donkervliet niet vrijlaten. Hij heeft van de commissaris een bevel tot inverzekeringstelling gekregen.'
'Als verdacht van moord?'

Vledder knikte.
'Op dezelfde gronden als zijn aanhouding.'
Er werd geklopt. Bedeesd, nauwelijks hoorbaar. Beiden staarden naar de deur, die langzaam opengleed. In de deuropening verscheen een vrouw in een donker pakje van eenvoudige snit. Het leek op het uniform van het Leger des Heils zonder distinctieven. Het zwarte, reeds grijzende haar, was strak naar achteren gekamd en eindigde in een wrong.
De Cock herkende haar direct. Hij kwam haastig achter zijn bureau vandaan en liep op haar toe.
'Mevrouw Van der Waal,' begroette hij hartelijk. 'Wat kunnen wij voor u doen?'
Ze schonk hem een matte glimlach.
'Ik hoop heel veel. Ik moet u eerst vertellen, dat ik niet uit eigen beweging kom. Jennifer Jordan heeft mij gevraagd u te bezoeken. Ik ben hier... zo te zeggen... namens haar.'
De Cock bracht haar naar de stoel naast zijn bureau.
'U had zich de tocht kunnen besparen,' sprak hij vriendelijk. 'Mevrouw Jordan had ons kunnen bellen. We waren onmiddellijk gekomen.'
Christine van der Waal gebaarde vaag.
'Jennifer... ik bedoel... wij hebben weinig ervaring met het openbaar gezag.'
De Cock grinnikte vrolijk.
'Van gezag is nog nauwelijks sprake.' Hij trok snel zijn gezicht weer in een ernstige plooi. 'Wat heeft mevrouw Jordan op haar hart?'
Christine van der Waal verschoof iets op haar stoel.
'Het gaat over Harry,' begon ze schuchter. 'Jennifer is er van overtuigd, dat hij onschuldig is. En ik deel haar mening. Wij doen een dringend beroep op u, meneer De Cock, om hem vrij te laten.'
De Cock spreidde zijn handen.
'Ik heb hem niet gearresteerd. Dat deden de commissaris en de officier van justitie. Bovendien heeft Jennifer zelf aan zijn ontmaskering meegewerkt. Ik heb vernomen, dat de geesten Harry Donkervliet als dader hebben aangewezen.'
Christine van der Waal schudde haar hoofd.
'Het is alles de schuld van Mathilda van Lochem. Die wilde per se, dat er een seance gehouden zou worden waarbij uw commissaris en

haar broer de officier van justitie aanwezig zouden zijn. Jennifer had er aanvankelijk geen oren naar. Ze wilde niet. Ze is nooit zo op haar gemak wanneer er vreemden in de kring zijn. Het valt haar dan moeilijk om contacten met het schimmenrijk te leggen.'
'Toch stemde ze toe?'
Christine van der Waal liet haar hoofd iets zakken.
'Het was een soort chantage-truc.'
'Van wie?'
'Van Mathilda.'
De Cock keek haar niet-begrijpend aan.
'Wat voor een truc?'
Christine van der Waal zuchtte.
'Toen Jennifer weigerde, zei Mathilda van Lochem tegen haar: heb je er misschien belang bij, dat de moordenaar niet wordt gepakt?'
Ze slikte. 'Jennifer werd ineens bleek en stemde toe.'
De Cock keek haar een tijdje zwijgend aan.
'Dat was niet netjes van Mathilda.'
Christine van der Waal schudde haar hoofd.
'Het was helemaal niet netjes van Mathilda. Dat vond ik ook. Jennifer was er volkomen door in de war. Daarom is het ook misgegaan.'
'Wat?'
Christine van der Waal gebaarde heftig.
'De seance die avond. Jennifer begreep best, dat die toespeling van Mathilda van Lochem betrekking had op haar neef Harry Donkervliet. Ze sprak duidelijk van 'moordenaar' en Harry was de enige man in ons gezelschap. Die gedachte heeft Jennifer zo bezield... zo intens beziggehouden, dat tijdens het kruis- en bordspel spontaan de naam Harry naar voren kwam.'
'Via de geesten?'
Christine van der Waal werd fel.
'Nee,' riep ze verontwaardigd. 'Niet via de geesten. Dat is juist een misvatting. Jennifer had tijdens de seance geen contact met de geesten uit het schimmenrijk... ze had contact met haar eigen geest. Die domineerde op dat moment. Begrijpt u? Haar gedachten waren zo vervuld van haar neef, dat zij zelf het kruis, onbewust, naar de naam Harry leidde.' Ze zweeg even en zuchtte diep. 'Toen de commissaris en de officier van justitie na het kruis- en bordspel onmiddellijk al hun aandacht op Harry richtten, had Jennifer niet

meer de moed... en ook niet de kracht om uit te leggen wat er precies was gebeurd.'
'Ze liet hem arresteren.'
Christine van der Waal knikte traag voor zich uit.
'Jennifer reageerde niet. Pas een paar uur later kwam ze tot bezinning. Ze had gedacht, dat op het politiebureau spoedig zou blijken dat de arrestatie op een misverstand berustte. Maar toen Harry niet terugkwam, begreep ze dat het ernst was. Ze heeft toen contact gezocht met Mathilda van Lochem om via haar de officier van justitie te bewegen Harry vrij te laten.'
'En?'
'Mathilda belde later terug en zei, dat haar broer van geen invrijheidstelling wilde weten. De zaak is nog in onderzoek, had hij gezegd.'
De Cock reageerde moedeloos.
'Veel meer kan ik u ook niet zeggen. Ik heb niet de bevoegdheid om Harry vrij te laten. En zoals de zaken er nu voorstaan, zal de officier van justitie voorlopig wel bij zijn standpunt blijven. Tenzij...' Hij zweeg abrupt; zijn scherpe blik tastte haar gelaatstrekken af. 'Tenzij op korte termijn de moordenares wordt ontmaskerd.'
'Moordenares?'
De Cock maakte een grimas.
'Als het Harry niet is... is de moordenaar een vrouw.'
Christine van der Waal blikte hem onbevangen aan.
'U hebt gelijk,' sprak ze ferm. 'Het moet een vrouw zijn. Ik heb hierover ook uitvoerig met Jennifer gesproken. Ik heb gezegd: als wij Harry willen helpen, dan moeten wij er achter zien te komen wie Zwarte Sophie werkelijk heeft vermoord. Jennifer was het met mij eens. Daarom houdt zij vanavond opnieuw een seance. Besloten... in eigen kring. Alle vrouwen hebben al toegezegd te komen. Jennifer bereidt zich op dit moment voor. Als de geesten hun medewerking willen verlenen en de seance leidt tot resultaten, dan hoort u dat van mij onmiddellijk.'
Ze stond op, rustig, zelfverzekerd, als beschouwde ze het onderhoud als beëindigd.
De Cock liep met haar mee tot aan de deur. Daar drukte hij haar hartelijk de hand.
'Hoe laat begint de seance?'

'Acht uur.'
'En eindigt?'
Ze beet op haar onderlip.
'Tien uur... half elf.'
De Cock knikte begrijpend.
'Mijn collega en ik blijven tot elf uur op het bureau. U kunt ons dus hier bereiken. Ik wens mevrouw Jordan veel sterkte toe.'
Christine van der Waal zuchtte opnieuw.
'Jennifer heeft het nodig,' sprak ze bezorgd. 'Die hele affaire doet haar geen goed.' Ze opende de deur en stapte kordaat de gang door.
De Cock riep haar terug.
'Mevrouw van der Waal... dat wilde ik u nog vragen... hoe drinkt u uw koffie?'
Ze keek hem niet-begrijpend aan.
'Weinig suiker en een wolkje melk.'
'En Jennifer?'
Christine van der Waal aarzelde. Haar zelfverzekerdheid leek gedeukt.
'Jennifer? Met veel melk en veel suiker.'

Vledder keek zijn collega verbaasd aan.
'Jij wacht,' vroeg hij ongelovig, 'op de resultaten van de seance? Ik dacht dat jij aan dat spiritistische gedoe geen enkele waarde hechtte.'
De Cock schudde zijn hoofd.
'Dat doe ik ook niet. De werkelijke seance laat mij koud. Wat mij interesseert is de samenkomst van negen vrouwen, van wie er één een moord op haar geweten heeft. Tijdens de vorige gelegenheid, waarbij de commissaris en de officier van justitie aanwezig waren, zal men wijselijk hebben gezwegen. Ik hoop, dat er nu tijdens onderling gekrakeel iets loskomt.'
'Wat?'
De Cock haalde wrevelig zijn schouders op.
'Dat weet ik niet. Er moet iets komen. Het is toch te gek, dat we nog steeds niet weten waarom Zwarte Sophie werd vermoord.' Hij stond op en beende door de recherchekamer. In de cadans van zijn tred lieten zijn gedachten zich gemakkelijker ordenen. Plotseling bleef hij staan.

'Heeft Harry een dure vriendin?'
Vledder glimlachte.
'Ik weet niet of ze 'duur' is. Hij heeft wel een vriendin. Al enige tijd. Ik heb hem vanmorgen tijdens het verhoor even met haar laten bellen. Hij vroeg dat en ik zag er geen kwaad in. Ze heet Viola Wijngaard en woont in een koopflat in Purmerend. Harry Donkervliet heeft die twee jaar geleden voor haar gekocht... en betaald.'
De Cock reageerde verrast. 'Dat is toch gauw anderhalve ton.'
Vledder knikte.
'Bovendien rijdt onze vriend in een supersnelle roomkleurige Jaguar. Dat hoorde ik van de huismeester van het flatgebouw, waar zijn vriendin woont. Ik heb even over de telefoon met hem gebabbeld. Harry komt daar zo'n drie, viermaal per week. Soms blijft hij wel eens een nachtje over, maar lang niet altijd.'
'Heeft hij een inkomen?'
Vledder schudde zijn hoofd.
'Voor zover ik weet niet. Hij schijnt buiten zijn uitstapjes naar Viola steeds bij zijn tante op de gracht te vertoeven. We mogen aannemen dat Jennifer haar neef zo nu en dan wat toestopt.'
Ze zwegen een tijdje. De Cock ging op het bureau van Vledder zitten. Hij liet zijn benen bengelen; een peinzende uitdrukking op zijn gezicht.
'Hebben we dat rapport van het gerechtelijk laboratorium al binnen?'
'Vanmorgen gekomen.'
'En?'
Vledder trok een la van zijn bureau open en nam daaruit een map.
'Je had gelijk. Buiten sporen van cyanide is in het lijk van Sjaan Streuffels ook een hoeveelheid morfine aangetroffen.' Hij nam het rapport ter hand en las: 'Het onderzoek werd gericht op de opsporing van morfine, aangezien de meeste psycholeptica stimulantia en hypnotica in het lichaam snel worden getransformeerd in morfine. In bewerking werden genomen: gal en urine. Het materiaal werd eerst enzymatisch gedeconjugeerd en daarna geëxtraheerd. Aldus kon, gebruik makende van chromatografie, zowel in de gal als in de urine de aanwezigheid van morfine worden aangetoond. De concentraties hiervan bedroegen circa tien microgram morfine per milliliter gal en circa vijf microgram morfine per milliliter urine.'

De Cock glimlachte.
'Fraai apothekerslatijn.'
Vledder borg de map weer op.
'Het lijkt mij nogal vrij veel,' sprak hij ernstig. 'Ik heb de resultaten van het onderzoek eens vergeleken met de rapporten over lieden, die aan een overdosis heroïne waren gestorven. Er is weinig verschil in de concentraties. Ik begrijp nu, waarom Zwarte Sophie vrijwel van het ene op het andere moment van haar stoel rolde.'
'Het is tegenwoordig niet zo moeilijk meer om aan heroïne of cocaïne te komen,' merkte De Cock cynisch op. 'In de binnenstad verkoopt men het op bijna iedere hoek van de straat.'
De telefoon op het bureau van De Cock rinkelde. Vledder boog zich naar voren en nam de hoorn op. De Cock keek hem aan en zag, dat hij verbleekte.
'Wat is er?'
Zonder iets te zeggen legde Vledder de hoorn weer op het toestel.
De Cock boog zich naar hem toe.
'Wat is er?' herhaalde hij dwingend.
Vledder slikte.
'Jennifer Jordan... ze is dood.'

11

Een politievolkswagen stopte aan de wallekant tussen oude scheefgegroeide iepen. Rechercheur De Cock van het politiebureau aan de Amsterdamse Warmoesstraat stapte uit. Zijn blik gleed omhoog langs een fraaie grachtengevel. Vledder sloot de wagen af en kwam naast hem staan. Even leken ze besluiteloos, toen staken ze de rijbaan over en bestegen de blauwstenen stoep. De zware buitendeur stond op een kier. Ze duwden hem verder open. Via een ruime met roze-wit marmer beklede hal, bereikten ze een hardhouten trap. De Cock met slepende tred, Vledder met lichtvoetige tred.
Op het portaal, boven aan de trap, stond Agatha van Keulen. Haar ogen blikten kwaadaardig. Ze klemde haar lippen opeen.
'Hoeveel moorden moet ze nog plegen?' Haar krakerige stem droop van sarcasme. 'Als u haar nu niet arresteert, klaag ik u aan wegens plichtsverzuim.'

De Cock veinsde verwondering.
'Wie?'
Agatha van Keulen snoof verachtelijk.
'Annette van Leeuwenhoek... wie anders? Ze heeft nu die arme Jennifer vermoord.'
De Cock negeerde haar opmerking. Hij liep onverstoorbaar langs haar heen. Aan het einde van de gang opende hij de deur naar het lage, intieme vertrek. Aan het einde van deze ruimte, bij de drie smalle ramen, stonden vrouwen, nerveus, angstig, in groepjes bijeen. Hun gefluister verstomde toen de rechercheurs binnenkwamen.
De Cock liet zijn blik door het vertrek dwalen. Links, bij een schilderij van Monet, bleef hij staan. De toppen van zijn vingers gleden over het linnen. Toen liep hij verder.
In het midden van het vertrek stond de grote ronde eiken tafel, omringd door de stoelen met hoge rugleuningen. Hij telde er negen. Geen van de stoelen was meer bezet. Recht voor hem, aan de andere zijde van de tafel, stond een stoel wat schuin. Naast die stoel, op het Berbertapijt, lag het lichaam van een vrouw, op haar rug, de benen iets gespreid, het gezicht verstard, de blinde ogen wijd opengesperd. De Cock keek op haar neer. Het beeld van de dode vrouw in toga ontroerde hem. 'Van een blind mens steel je niet,' had Smalle Lowietje gezegd. Maar wie gaf een weerloze blinde vrouw een dodelijk vergif? Hij keek naar de vrouwen bij de smalle ramen. Daar stond ze. Wie?
Hij wenkte Vledder, die naast hem stond.
'Ruik eens aan haar mond.'
Vledder knielde bij de dode neer. Even maar. Toen kwam hij weer overeind. Zijn gezicht stond strak.
'Bittere amandelen,' hijgde hij.
De Cock keek naar de ronde eiken tafel. Die was leeg, afgeruimd. Ineens draaide hij zich om en sprintte de kamer uit, de lange gang in. Vledder en de vrouwen keken hem verbaasd en geamuseerd na. Hijgend bereikte hij de keuken en kneep zijn ogen half toe. Vloekend liep hij naar de gootsteen. In ruim, nog schuimend sop, lagen acht porseleinen koffiekopjes.
De Cock liep langzaam terug naar de kamer. De vrouwen stonden nog bij de ramen, naast elkaar, in het gelid. Op enige meters afstand bleef hij staan, de benen iets uit elkaar, de armen voor zijn

borst. Een gezicht als een donderwolk.
'Wie heeft de kopjes in het sop gezet?'
De kleine Agatha van Keulen deed een stap naar voren.
'Dat was ik.'
'Waarom?'
Ze haalde haar smalle schouders op.
'Nu Harry er niet was,' voerde ze ter verontschuldiging aan, 'moest iemand anders de boel opruimen. Ik kon die vuile kopjes toch niet laten staan?'
De Cock zuchtte en beduidde haar dat ze terug kon gaan naar haar plaats in de rij. Een tijdlang zweeg hij. Zijn scherpe blik gleed langs de vrouwen. Hun gezichten stonden strak, toonden vrijwel geen expressie. Alleen om de mond van Mathilda van Lochem lag een geamuseerde trek. De Cock dacht aan zijn oude moeder. Die zei altijd: jongen, je kijkt ze wel voor de kop, maar niet in de krop. En ze had gelijk. Achteraf bezien had ze altijd gelijk. Het was alleen jammer dat het zoveel jaren had geduurd, voor hij daarvan overtuigd raakte. Hij drong de gedachte aan zijn moeder terug en plantte zijn voeten wat steviger in het tapijt.
'Een van jullie,' begon hij hard, scherp, 'mogelijk in combinatie met anderen... heeft nu twee moorden op haar geweten. Zolang ik niet weet wie voor die afschuwelijke moorden verantwoordelijk is... of zijn... verdenk ik jullie allemaal en ik voel er, eerlijk gezegd, verdomd veel voor om jullie stuk voor stuk aan te houden, en op te sluiten in de cellen van het bureau Warmoesstraat... net zolang... tot de ware moordenares en/of haar handlangster zich aan mij heeft kenbaar gemaakt.'
Mathilda van Lochem snoof.
'Daar heeft u het recht niet toe.'
De Cock keek haar aan. Zijn ogen schoten vuur.
'Als uw broer,' brieste hij, 'de officier van justitie, zich het recht voorbehoudt om op zeer onduidelijke gronden Harry Donkervliet van zijn vrijheid te beroven en beroofd te houden, dan neem ik de vrijheid om een stel vrouwen op te sluiten, van wie duidelijk is gebleken, dat zij te zamen een complot vormen.'
Annette van Leeuwenhoek stapte naar voren.
'Dat is absurd. En dat weet u. Wij vormen geen complot. Wij zijn al jaren een spiritistische kring, waarvan nu twee vrouwen door vergif om het leven zijn gebracht. U kunt ons niet alle acht

verantwoordelijk stellen voor de daden van één van ons.'
De Cock strekte zijn arm naar haar uit.
'Hoe weet u, dat het er slechts één is?'
Annette van Leeuwenhoek schudde haar hoofd.
'Dat weet ik ook niet,' betoogde ze bedaard. 'Maar u sprak van een complot. En een complot vergt beraad vooraf. Wel, aan zo'n beraad tot het plegen van moorden heb ik nooit deelgenomen.'
Er volgde een heftig gemurmel. Er klonken kreten van instemming. Marretje van der Vaart, een kleine blonde vrouw, stapte op De Cock toe.
'Dat was een toespraak van de onmacht,' sprak ze kalm. 'U ziet zich als rechercheur geplaatst voor de taak om twee gifmoorden op te lossen. Blijkbaar beschikt u over te weinig sporen en aanwijzingen, die u naar de dader moeten voeren. Dat is op zich erg spijtig. Maar het is een onelegante methode om met dreigementen tot een oplossing te willen komen.'
De Cock perste zijn lippen op elkaar en snoof.
'Onelegant?' brulde hij. 'Onelegant?' Hij slikte. 'Hoe elegant is het om een weerloze blinde vrouw wat vergif te voeren?' Hij wendde zich woedend tot Vledder. 'Wikkel jij hier de zaak verder af?'
Vledder knikte.
'Ik heb de wagen van de geneeskundige dienst al buiten horen stoppen. De lijkschouwer zal ook zo wel komen.'
De Cock keek van over zijn schouder nog eens naar de vrouwen bij de ramen. Ze stonden heftig discussiërend bijeen. Opgewonden. Hij wendde zich weer tot Vledder.
'Over een goed uur zie ik je wel weer op het bureau.'
'Wat ga je doen?'
De Cock keek naar hem op. Rond zijn mond lag een verbeten trek.
'Bewijzen zoeken.'

Toen De Cock de gracht opstapte, keek hij nog even omhoog naar het fraaie pand. Op de eerste etage, achter drie smalle ramen, brandde licht. Hij herkende de silhouetten van enkele vrouwen. Achter die ramen, zo wist hij, spookte een duister complot. Het had al het leven van twee mensen geëist. Zwarte Sophie... te levenslustig om al te sterven... en Jennifer Jordan. Het vreemde was, dat de dood van het blinde medium hem niet had verrast. Hij had als het ware gevoeld, dat het zou gaan gebeuren. Het lag ook

min of meer in de lijn der verwachtingen. De vraag was: zouden er nog meer slachtoffers vallen? En wie zou de volgende zijn?
Peinzend slenterde De Cock over het smalle trottoir. Het was stil op de gracht, bijna beangstigend. Het geraas van het verkeer was ver weg. Langs de wallekant, tussen de bomen, scharrelde een rat. De Cock merkte hem niet op. De moorden in de seances hielden zijn gedachten bezig. Hij vroeg zich af of hij de dood van Jennifer Jordan had kunnen voorkomen. Hoe? Moest hij seances in de toekomst verbieden om een mogelijk volgend slachtoffer te sparen? Maar daartoe ontbrak hem de macht. Er bestonden geen wetten of bepalingen, die hem het recht gaven om in te grijpen. Het kon niet. De enige redelijke mogelijkheid die hij had, was de moordenares te ontmaskeren. En wel zo snel mogelijk. Maar hoe 'redelijk' was die mogelijkheid?
Vanaf de Keizersgracht stak hij de brug over naar de Prinsenstraat en liep vandaar via een stukje Prinsengracht naar de Noordermarkt. Achter de hervormde kerk, voor een klein huis met een groot hoog raam, bleef hij staan. Midden op de ruit, in sierlijke witte krulletters, stond 'Peter Karstens' en daaronder, in letters van een veel kleiner formaat, 'schilder-kunstenaar'.
De Cock schoof de mouw van zijn regenjas iets omhoog en keek op zijn horloge. Het was al bijna kwart over elf. Hij gleed met duim en wijsvinger over zijn neusvleugels en grinnikte. 'Een onchristelijke tijd voor een bezoek,' mompelde hij binnensmonds. Toch rukte hij met enig welbehagen aan de glimmend gepoetste koperen trekker. Ver weg, in het inwendige van het huis, rinkelde een bel. Luid, indringend. De Cock voelde zich niet bezwaard. Hij kende reeds lang de gewoonten van de bewoner en wist, dat die meestal tot diep in de nacht in de weer was.
Het duurde nog geen twee minuten. Toen werd de deur geopend. Een man met donkerblond warrig haar, gekleed in een slobberbroek en een glanzende zwartzijden blouse, keek hem aan. De wenkbrauwen gefronst. Zijn grote bruine ogen glommen van verwondering.
'De Cock,' riep hij verrast. 'God man, wat haal je in je hoofd. Dit is toch geen uur om iemand te arresteren.'
De Cock lachte.
'Ik kom je niet arresteren, Peter,' sprak hij vriendelijk. 'Dit keer niet. Ik kom op bezoek.'

De kunstenaar aarzelde even. Toen maakte hij een lichte buiging en spreidde zijn armen. In zijn blouse met wijde mouwen was het een sierlijk, gracieus gebaar.
'Trouw handlanger van het kapitaal,' schertste hij breed lachend, 'treed binnen.'
De Cock keek hem aan. Bestraffend.
'Ik ben geen handlanger van het kapitaal,' mokte hij. 'Ik handhaaf de wet.'
De kunstenaar plukte aan zijn korte puntbaard.
'Is dat niet hetzelfde?' gniffelde hij.
De Cock reageerde niet. Hoofdschuddend stapte hij langs hem heen. Na het voorportaal belandde hij in een hoog, diep vertrek. Het was er schemerig. Het enige licht kwam van een straatlantaarn voor het huis, aan de rand van het trottoir. Het wierp lange schaduwen over ezels met half afgemaakte schilderijen. Ook de muren hingen vol met schilderijen.
Peter Karstens ging De Cock voor naar een trap, die aan het einde van het vertrek draaiend omlaag liep. Na een korte smalle gang kwamen ze in een intieme ruimte met een lage zoldering.
Op een ruwhouten tafel brandden flakkerend een paar kaarsen naast flessen rode wijn en fraai geslepen kristallen bokalen. Twee ervan waren half gevuld.
De Cock keek rond. Plotseling ontdekte hij een jonge vrouw. Hij schatte haar op achter in de twintig. Ze zat schuin op een brede leren bank. In het halfduister had hij haar aanvankelijk niet bemerkt. Ze was mooi, vond hij, uitzonderlijk mooi. In het bleke schijnsel van het kaarslicht was ze van een bijna serene schoonheid. Haar matbleke huid glansde zachtjes, trilde in het dansende licht. Boven een korte zwarte rok met een brede split droeg ze een ruim geplooide blouse, die haar boezem nauwelijks verhulde. Lang zwart haar golfde over haar halfblote schouders. Toen ze even bewoog, zag De Cock dat de split in haar rok tot heel hoog reikte. Het maakte hem wat duizelig. Zijn puriteinse ziel raakte bij een dergelijke aanblik altijd wat in de war.
Peter Karstens gebaarde in haar richting.
'Mag ik je even voorstellen... Maria... naast de kunst mijn grote liefde.'
Ze kwam langzaam overeind, schudde in een wilde beweging het haar uit haar gezicht en drukte hem de hand. Lang, zacht, zwoel.

'De Cock,' galmde Peter Karstens, 'rechercheur van politie en een sieraad van het gezag.'
In zijn stem trilde een ondertoon van spot.
De Cock ging er aan voorbij. Hij wist, dat de kunstenaar voortdurend met de maatschappij in onmin leefde. Peter Karstens was een vrijbuiter, een boekanier met een ontembare kunstenaarsziel, die niet paste in het keurslijf van een geordende samenleving.
Maria liet zijn hand los en ging weer op de bank zitten. Ze sloeg haar slanke benen over elkaar en trok haar blouse wat op.
Peter Karstens wees naar de flessen op de ruwhouten tafel.
'Een verrukkelijke bourgogne,' riep hij opgetogen. 'Een Hospice de Nuits St. Georges 'Les Fleurières' van een door God gezegend wijnjaar... Geperst en gerijpt voor het genot van echte mannen...'
Hij zweeg, bukte zich iets naar voren en legde zijn hand op een knie van Maria. 'En vrouwen.' Zijn stem jubelde. 'Vrouwen en wijn... een zaliger combinatie is niet denkbaar.' Hij keek vragend naar De Cock op. 'Je drinkt toch een glas met ons mee?'
De Cock knikte nadrukkelijk.
'Zeker,' riep hij gretig.
Peter Karstens schonk behoedzaam in. Het kaarslicht gaf aan de wijn een bijzondere glans. In de kristallen bokaal fonkelde hij als een robijn.
De Cock nam het glas aan en proefde. De wijn was inderdaad uitzonderlijk. Terwijl de nectar fluweelzacht langs zijn keelgat gleed, keek hij de kunstenaar onderzoekend aan. De Cock schatte, dat Peter Karstens reeds vele glazen had genuttigd. De kunstenaar verkeerde in een bijna uitgelaten stemming. Hij ging naast Maria zitten en reikte ook haar een glas .
'Wat is de reden van je komst?'
De Cock antwoordde niet direct; toonde zich wat terughoudend. Hij knikte bedeesd in de richting van Maria.
'Kent eh... kent zij al jouw activiteiten?'
Peter Karstens lachte uitbundig.
'Juist door haar ben ik zover gekomen. Ze zei altijd: Peter, als jij in de zeventiende eeuw had geleefd, waren jouw schilderijen nu miljoenen waard.' Hij krabde zich wat verlegen achter het oor. 'Toen dacht ik: ik leef nu, waarom zou ik nu geen miljoenen verdienen met schilderijen uit de zeventiende eeuw?'
De Cock glimlachte.

'Je doet het nog steeds?'
Peter Karstens antwoordde niet direct. Hij nam zijn glas op en keek er peinzend naar.
'Ik neem aan,' sprak hij voorzichtig, 'dat je hier vanavond als vriend bent gekomen. Ik bedoel... niet als rechercheur... niet als dienaar van de wet.'
De Cock trok zijn gezicht in een ernstige plooi.
'Ik kom als vriend... én als rechercheur.'
Peter Karstens schudde zijn hoofd.
'Dat kan niet,' riep hij zeer emotioneel. 'Dat is onverenigbaar.' Hij zweeg even en keek de bezoeker strak aan. 'Als je als vriend komt... drink dan je glas leeg en ik schenk je nog eens in. Kom je als rechercheur... zeg dan wat je uit hoofde van die functie te zeggen hebt.'
De Cock dronk rustig zijn glas leeg en zette het op de ruwhouten tafel. Gelaten keek hij naar de kunstenaar op.
'Het is aan jou of je mij nog eens wilt inschenken.'
Peter Karstens aarzelde. Een paar seconden maar. Toen stond hij op, een brede lach om zijn mond, en schonk in. Met enige zwier reikte hij de rechercheur het volle glas.
'Weet je, De Cock,' sprak hij nadenkend, 'als een luizige gezagdrager doe je het niet eens zo rot.'
De Cock grijnsde breed. De gloed van de wijn kroop in zijn bloed. Het liefst was hij vergeten waarvoor hij kwam, was hij bij de kunstenaar gebleven onder vrolijk gekout, tot hij door de wijn zou zijn omgevallen. Maar het beeld van de dode Jennifer Jordan in haar zwarte toga bracht hem terug tot zijn missie. Hij zette zijn glas voor zich neer en boog zich iets naar voren.
'Ik heb je wel eens verteld,' begon hij ernstig, 'dat ik een grote bewondering heb voor schilders van het impressionisme... Monet... Renoir... Cézanne... Toulouse-Lautrec. Ik vind de schilderijen van die mensen prachtig. Zo vol kleur. Ze zijn voor een simpele ambtenaar, zoals ik, onbetaalbaar, anders zou ik er best een paar aan de wand willen hebben.' Hij trok een triest gezicht. 'Ik behelp mij nu met een paar goede reprodukties.'
Peter Karstens lachte uitbundig.
'Wil je dat ik een Monet voor je maak... of een Renoir? Je zegt het maar.'
De Cock plukte aan zijn onderlip.

'Zou je het kunnen?' vroeg hij weifelend. 'Ik bedoel... zo echt, dat je het verschil tussen een ware Monet of Renoir niet kunt ontdekken?'
Peter Karstens keek hem verontwaardigd aan.
'Wat die jongens aan het eind van de vorige eeuw in Frankrijk deden,' sprak hij verongelijkt, 'ben ik al weer vergeten.' Hij pauzeerde even. 'Al moet ik toegeven, dat ze soms fantastisch mooie dingen hebben gemaakt.'
De Cock knikte instemmend.
'Waar zouden al die doeken zijn gebleven? Ze hebben er honderden geschilderd.'
Peter Karstens trok zijn schouders op.
'In het begin konden die impressionisten hun doeken aan de straatstenen niet kwijt. Men trok er de schouders voor op. Voor een appel en een ei gingen ze van de hand. Toen ze later meer bekendheid kregen, hebben vooral Engelse galeries veel van hun werken opgekocht.'
De Cock beet op zijn onderlip.
'En in Nederland?'
Peter Karstens schudde zijn hoofd.
'Daar zijn er niet zoveel terechtgekomen, vrees ik. Maar ik zou niet wanhopen. Misschien heb je mazzel. Ik zei je al: men zag aanvankelijk de waarde van hun schilderkunst niet in. Ik ben er van overtuigd, dat er ergens op een zolder, misschien dik onder het stof, nog best wel een paar echte impressionisten liggen.'
De Cock lachte.
'Heb je wel eens een Monet gemaakt?'
Peter Karstens knikte nadrukkelijk.
'Zeker.'
'In opdracht?'
'Ook.'
'Wanneer?'
De kunstenaar trok een denkrimpel in zijn voorhoofd.
'Een paar jaar geleden. Ik moest toen twee schilderijen van Renoir kopiëren en een Monet.'
De Cock keek de kunstenaar gespannen aan; zijn hoofd een beetje schuin.
'Wie was je opdrachtgever?'
Peter Karstens dacht even diep na.

'Het was een vrouw, herinner ik mij... een al wat oudere dame met lang grijs haar.'
De Cock slikte.
'Weet je nog hoe ze heette?'
Peter Karstens gebaarde naar Maria.
'Pak even die visitekaartjes,' gebood hij.
Maria kwam omhoog en sloeg een been over de rug van de leren bank. Een tweede been volgde. De Cock hield zijn adem in. Verbijsterd keek hij toe en het bloed steeg hem naar het hoofd. Onder haar korte rokje droeg Maria niets. Heupwiegend gleed ze naar een notehouten kabinetje aan de wand. Van tussen een verticaal vakje nam ze een stapel kaartjes en reikte die Peter Karstens aan. De kunstenaar nam de stapel stuk voor stuk door.
'Het moet er bij zijn,' mompelde hij. 'Ik weet het zeker. Ik heb het bewaard.' Bijna bij het onderste kaartje keek hij op en bracht het wat dichter bij het licht. 'Hier heb ik het... Annette van Leeuwenhoek.'

12

De Cock keek Vledder wat bezorgd aan. Deze zag er moe en verslagen uit. Hij had rode randjes rond zijn ogen, zijn blonde haren zaten in de war, zijn boord was losgeknoopt en zijn stropdas vlagde op zijn linkerschouder. De Cock had hem nog nooit zo gezien. Vledder zag er altijd onberispelijk uit. Hij ging tegenover hem zitten en boog zich iets naar hem toe.
'En,' opende hij voorzichtig, 'ben je vanavond nog wat wijzer geworden?'
Vledder schudde triest zijn hoofd.
'Nog geen millimeter. De vrouwen van de kring leken mij nog geslotener dan de vorige keer. Niemand had vooraf iets gemerkt, niemand had enig vermoeden wie het kon hebben gedaan en niemand had enig motief. Alleen Agatha van Keulen ... die wilde dat ik Annette van Leeuwenhoek arresteerde. Daarover ontstond een woordenwisseling. Verder was iedereen alleen maar geschokt en gebelgd.'
'Gebelgd?'

Vledder knikte.
'Op jou. Toen jij weg was, kwamen de tongen pas goed los. Het idee, dat jij alle dames van de spiritistische kring wilde opsluiten, bracht nogal wat beroering en verontwaardiging. Mathilda van Lochem had daarbij het hoogste woord.'
De Cock grinnikte.
'Misschien weekt het iets los. Het zal toch uit die groep moeten komen. Ze kunnen zich wel als lammeren voordoen... onder hen schuilt toch de vrouw, die heel koelbloedig twee mensen om het leven heeft gebracht.' Hij zweeg; keek naar Vledder op. 'Had de lijkschouwer nog iets bijzonders?'
Vledder schudde zijn hoofd.
'Dokter Den Koninghe had weinig commentaar. Hij zei alleen: hoeveel krijgen we er nog... het lijkt wel een kopie van de vorige moord.'
De Cock knikte traag voor zich uit.
'Er zijn twee verschillen... een ander slachtoffer en... Harry Donkervliet.'
Vledder sloeg zich voor het hoofd.
'Die moet vrij,' riep hij vertwijfeld. 'Onmiddellijk. Ik was hem bijna vergeten. Stom. We moeten de commissaris bellen. Er bestaat nu geen enkele reden meer om hem vast te houden. Hij zat hier beneden in de cel, toen die tweede moord gebeurde. Een beter alibi is nauwelijks denkbaar. Het pleit mijns inziens ook tegen zijn schuld aan die eerste moord.'
De Cock kwam van zijn stoel overeind.
'Maar is hij onschuldig?'
Vledder keek verbaasd naar hem op.
'Dat vraag jij?' reageerde hij heftig. 'Jij wilde hem toch niet arresteren? Je hebt je steeds tegen zijn arrestatie verzet.'
De Cock knikte gelaten.
'Dat is juist. Ten eerste, omdat ik niet graag wil dat iemand zich met mijn onderzoeken bemoeit... ook al is dat een commissaris of een officier van justitie. En ten tweede, omdat de arrestatie op een verkeerd tijdstip geschiedde en op bepaald dubieuze gronden.' Hij zuchtte diep. 'Ik heb van het begin af nooit de overtuiging gehad, dat Harry Donkervliet daadwerkelijk Zwarte Sophie had vermoord, maar dat betekent niet dat hij niet schuldig is aan haar dood.'
Vledder grinnikte vreugdeloos.

'Dat is kabbalistisch gebabbel. Harry Donkervliet is of schuldig of onschuldig.'
De Cock keek hem strak aan.
'Is het zo simpel?'
Vledder zwaaide met zijn armen.
'Beide moorden zijn kopieën van elkaar. Duidelijk. Er is geen enkel verschil. Degene die Zwarte Sophie dodelijk vergif toediende, vermoordde ook het blinde medium. Hoe wil je, in godsnaam, Harry Donkervliet schuldig doen zijn aan de moord op Jennifer Jordan... zijn tante... de vrouw van wie hij financieel geheel afhankelijk was. Herinner je je... Harry Donkervliet zat... en zit nog steeds hier beneden in de cel.'
De Cock maakte een hulpeloos gebaar.
'Misschien is er wel een testament.'
Vledder knikte nadrukkelijk.
'Dat testament is er. Ik heb het zelf nog niet onder ogen gehad, maar Christine van der Waal vertelde mij dat Harry Donkervliet inderdaad in het testament van zijn tante wordt genoemd. Hij erft een groot deel van haar vermogen. Verder was er ook voor Christine een legaat om - zoals ze zelf zei - dankbaar voor te zijn en dan waren er forse schenkingen aan alle nog levende leden van de spiritistische kring.'
De Cock reageerde verrast.
'Alle leden?'
Vledder knikte.
'Volgens Christine van der Waal had Jennifer Jordan dat al jaren geleden uitdrukkelijk bepaald. Zij wilde, dat ook na haar dood de spiritistische kring bijeen bleef. Slechts onder die voorwaarden worden de schenkingen gedaan.'
'Een verplicht lidmaatschap tot de dood volgt.'
Vledder knikte nadrukkelijk.
'Inderdaad, zo kun je het noemen. Jennifers motivering was, dat zij tijdens haar leven contact had gezocht met de geesten uit het hiernamaals en dat zij na haar dood vanuit het hiernamaals contact wilde leggen met de nog levenden op aarde. Haar eigen spiritistische kring, dan mogelijk geleid door een ander medium, zou een uitstekend contactpunt kunnen vormen.'
De Cock streek met zijn hand over zijn haar.
'Het is wel duidelijk,' sprak hij traag, 'dat Jennifer Jordan onvoor-

waardelijk geloofde aan de mogelijkheid van dergelijk contact en daarom haar eigen kring bijeen wilde houden.' Hij deed zijn ogen even dicht om een opkomende vermoeidheid uit zijn hersenen te drijven. 'Waren alle leden van de spiritistische kring op de hoogte van het testament?'
Vledder gebaarde afwerend.
'Dat weet ik niet. Ik bedoel... ik heb het ze niet gevraagd. Maar ik neem aan, dat zij allen volkomen op de hoogte waren. Toen Christine van der Waal mij van dat testament vertelde, stonden alle dames van de kring om ons heen en niemand scheen verrast.'
De Cock vertoonde een spottend lachje. 'Zo bezien had elk lid van de kring een motief.'
Vledder keek getroffen naar hem op.
'Je hebt gelijk,' riep hij enthousiast. 'Natuurlijk. Het is, zoals jij al zei... een complot. Ik had vanavond ook heel sterk het gevoel, dat de dames een gesloten eenheid vormden.'
De Cock schudde na een poosje zijn hoofd.
'Het klopt niet. Nee, het klopt helemaal niet. Zie je, Zwarte Sophie... zij had geen testament.'
Vledder liet zijn hoofd wat zakken.
'En toch werd ze vermoord.'
De deur van de recherchekamer zwaaide met een klap open en commissaris Buitendam stormde binnen. Zijn witzijden sjaal hing los om zijn hals en zijn jaspanden wapperden. Hij wenkte De Cock en liep gelijk door naar zijn kamer.
De Cock slenterde achter hem aan. Kalm, nonchalant, zijn handen in de zakken van zijn pantalon. Toen hij in de kamer van de commissaris kwam, zat Buitendam al achter zijn bureau. Zijn jas nog aan.
'Waarom vertelt niemand mij ooit iets?' brulde hij.
De Cock keek hem rustig aan.
'Ik begrijp u niet,' sprak hij ontwijkend.
Buitendam sloeg met zijn vuist op zijn bureau.
'De moord op Jennifer Jordan.' Hij keek demonstratief op zijn horloge. 'Ruim twee uur geleden.'
De Cock schudde triest zijn hoofd.
'Heeft Mathilda van Lochem weer uit de school geklapt?'
Buitendam knikte traag.
'En ik kreeg natuurlijk onmiddellijk de officier van justitie op mijn

nek. Verwijten en paniek.' Hij keek naar De Cock op. 'Heb je die Harry Donkervliet al vrijgelaten?'
De Cock wierp hem een venijnige blik toe.
'Hij is uw arrestant... niet de mijne. U weet hoe ik over zijn arrestatie denk. Als u meent, dat Harry Donkervliet nu ontslagen moet worden, dan pakt u de telefoon en zegt tegen de wachtcommandant, dat de arrestant kan vertrekken.'
Buitendam leunde achterover in zijn stoel en wreef met zijn hand langs zijn ogen. Hij was duidelijk vermoeid.
'Laten we er over ophouden, De Cock,' sprak hij zuchtend. 'Het heeft geen zin om er nog langer over te discussiëren. De arrestatie van Harry Donkervliet was een misgreep. Ik geef dat ruiterlijk toe.' Hij spreidde zijn handen. 'Ik kan niet anders. Gezien de ontwikkelingen moet ik je gelijk geven. Ik ben in deze zaak misleid. Dat gedoe tijdens die seance... het was indrukwekkend en geloofwaardig. Bovendien voelde ik mij gesteund door meester Van Lochem, onze officier van justitie.' Hij draaide wat op zijn stoel en veranderde van toon. 'Verdomd, De Cock... hij leek toch een redelijke verdachte?'
De Cock knikte voor zich uit.
'Dat is het belazerde van ons vak... dingen zijn niet altijd wat ze schijnen.'

De Cock zat achter zijn bureau en staarde wat dromerig voor zich uit.
'Ik geloof,' sprak hij afwezig, 'dat Buitendam het niet lang meer maakt.'
Vledder keek hem fronsend aan.
'Hoezo?'
De Cock grijnsde.
'Ik ben niet van zijn kamer afgejaagd en hij gaf ruiterlijk toe, dat de arrestatie van Harry Donkervliet een misgreep was.'
Op het gezicht van Vledder kwam een trek van verbazing.
'Je meent het?'
'Het is waar.'
'Waar is hij nu?'
'Naar huis. We hebben samen beneden Harry Donkervliet uit zijn cel gehaald en hebben hem gezegd, dat hij weer 'vrij man' was. Bovendien heb ik hem gecondoleerd met het verlies van zijn tante.'

'Hoe reageerde hij?'
De Cock gebaarde vaag.
'Wat vreemd, moet ik zeggen. Wel geschrokken, maar toch niet helemaal spontaan. Het is wat moeilijk onder woorden te brengen. Het leek mij toe, dat hij het min of meer had verwacht... of hij al op het bericht van haar dood was voorbereid.' De Cock zweeg. Op zijn gezicht kwam een peinzende uitdrukking. Hij leunde voorover en liet zijn kin op zijn handen rusten. 'En weet je wat ik nog het meest opmerkelijke vond?'
'Nou?'
'Hij vroeg niet eens *hoe* het was gebeurd.'
Vledder staarde hem verbluft aan.
'Hij eh... hij wist het al?'
Voordat De Cock kon antwoorden, werd er op de deur geklopt. Zacht, wat schuchter. De Cock riep 'Binnen' en keek onderwijl op de klok. Het was bijna één uur in de nacht. 'Hoe later op de avond,' grinnikte hij, 'hoe schoner volk.'
De deur werd langzaam geopend en in de deuropening verscheen een donkerblonde vrouw. De Cock schatte haar op achter in de dertig. Ze droeg een bruine suède mantel, waaronder dikke wollen kousen in ijzersterke sportschoenen. Onvrouwelijk plomp trad ze naderbij.
'Ik eh... ik ben Bobette,' sprak ze hees. 'Bobette van Zon. De wachtcommandant beneden zei, dat u er nog was.'
De Cock knikte.
'We zijn er,' reageerde hij gelaten.
Ze ging op de stoel naast het bureau van De Cock zitten en knoopte haar mantel los. Een omvangrijke boezem trilde in een slobbertrui.
'Bij ons in de familie,' begon ze, 'zijn we niet zo vertrouwelijk met de politie. We hebben er thuis nooit wat mee te maken gehad. Daarom durfde ik eerst niet zo best te komen, maar ik voel er weinig voor om door u in een cel te worden gezet.'
De Cock glimlachte.
'Dat zal zo'n vaart niet lopen,' sprak hij vriendelijk. 'Het is doorgaans mijn gewoonte om alleen die mensen in een cel te stoppen, die ook werkelijk iets hebben gedaan.'
Hij boog zich iets naar haar toe. 'En u... u bent toch onschuldig?'
Ze knikte heftig.
'Zeker. Ik heb niets op mijn geweten. Ik ben ook maar een

nieuweling. Ik behoor nog maar kort tot de kring. Toen Martha van Keulen stierf, heb ik haar plaats ingenomen. Agatha wilde dat.'
De Cock knikte begrijpend.
'En wat Agatha wil, moet gebeuren.'
Ze glimlachte wat verlegen.
'U hebt haar goed doorzien. Agatha is inderdaad nogal bedillerig. Ze bedisselt alles.' Bobette van Zon maakte een berustend gebaar. 'Ik heb daar vrede mee. Ze is altijd zo geweest. Toch denk ik er hard over om niet meer naar die seances te gaan. De eerste keer dat ik ging, werd Zwarte Sophie vermoord, de tweede keer arresteerde men die arme Harry en de derde keer viel Jennifer dood neer. Ik ben gewoon bang voor de vierde keer. Wie weet wat er dan weer gebeurt? En God weet, dat ik niet op rampen zit te wachten.'
De Cock gebaarde.
'Als u niet meer naar de seances gaat, verspeelt u uw aanspraken op de erfenis.'
Ze knikte met een ernstig gezicht.
'Dat heeft Agatha mij verteld. Daarom wilde ze ook, dat ik Martha's plaats innam. Jennifer moet heel erg rijk zijn geweest. Alle dames van de kring krijgen een groot bedrag... als ze lid blijven.' Ze zweeg even; keek naar de rechercheur op. 'Zit Harry hier nog vast?'
De Cock schudde zijn hoofd.
'We hebben hem een uurtje geleden vrijgelaten.'
Ze sloeg met haar hand op haar borst.
'Dat is een pak van mijn hart. Harry heeft met die moorden niets te maken. Dat zegt Agatha. Ze zegt ook, dat jullie van de politie het helemaal verkeerd doen. Jullie moeten veel meer aandacht besteden aan Annette van Leeuwenhoek. Dat is een gemene vrouw.'
De Cock keek haar onderzoekend aan.
'Weet Agatha, dat u hier bent?'
Bobette van Zon draaide haar hoofd iets weg.
'Agatha slaapt,' zei ze strak. 'Ze had vanavond hoofdpijn. Dan maak ik altijd een glas warme melk voor haar klaar.' Er kwam een glimlach op haar gezicht. 'Daar heb ik nu een paar slaappoeders ingedaan.'
De Cock fronste zijn wenkbrauwen.
'Slaappoeders?'
Ze knikte heftig.

'Ik wilde niet dat zij merkte dat ik naar u toe ging. Daarom ben ik ook zo laat. Ik moest eerst wachten tot ze vast sliep.'
De Cock keek wat verward.
'Waarom zo geheimzinnig? Jullie zijn toch goede vriendinnen van elkaar?'
Ze verschoof iets op haar stoel.
'Ik wil nergens bij betrokken worden.'
De Cock keek haar wat schuins aan.
'Wordt u dat dan?'
Bobette van Zon antwoordde niet. Ze liet haar hoofd zakken. Met haar kleine korte vingers frunnikte ze aan de zoom van haar rok. Plotseling keek ze op.
'Weet u waar dat vergif vandaan komt?'
'Welk vergif?'
'Van die moorden.'
De Cock kneep zijn ogen half toe.
'U weet dat?' vroeg hij gespannen.
Bobette van Zon knikte traag.
'Uit het tuinhuisje van Agatha.'

13

De Cock keek Bobette van Zon verbijsterd aan.
'Uit het tuinhuisje van Agatha?'
De vrouw knikte heftig.
'Agatha wilde niet, dat ik er met u over sprak. Ze vindt dat vervelend. Maar toen we hoorden dat Zwarte Sophie met blauwzuurgas was vergiftigd, zijn we direct gaan kijken. We hadden van dat spul in de tuin.'
'Welke tuin?'
Bobette van Zon gebaarde vaag achter zich.
'Agatha en Martha hebben al meer dan dertig jaar een tuin op het complex 'Nut en Genoegen'. De tuin is nog van hun ouders. Een flinke lap grond met een fijn huisje en een broeikas. In de zomer zijn we er soms weken achter elkaar. Je voelt je daar echt buiten.'
De Cock knikte begrijpend.
'Hoe kwamen jullie aan dat vergif?'

'Via Ineke Peeters.'
'De vrouw van de bioloog?'
Bobette van Zon zuchtte.
'Martha was niet zo fanatiek. Ik ook niet. Ik houd meer van bollen en eenjarige planten. Maar Agatha kweekt orchideeën in de kas. Ze is daar erg goed in. Ze heeft wel eens hele nieuwe variëteiten opgekweekt. En daarmee prijzen gewonnen. Eind vorig jaar zijn er plotseling planten doodgegaan. Mooie orchideeën waarop Agatha erg was gesteld. Er waren beestjes in de kas gekomen... insekten, vliegjes, torretjes en luizen. Die maakten alles kapot. Toen heeft Agatha Ineke gevraagd of daar wat aan te doen was.'
'En?'
'Ineke heeft er met haar man over gesproken en op een keer bracht ze Asepta mee.'
De Cock keek haar niet-begrijpend aan.
'Wat is dat?'
'Zo heet dat spul. Het is cyaangaspoeder. Dat staat op de verpakking met zo'n doodshoofd. Je moet er erg voorzichtig mee zijn. Dat was Agatha ook. Erg voorzichtig. Ze volgde de voorschriften nauwkeurig. Dat poeder is uiterst gevaarlijk. Het maakt blauwzuurgas en als je dat binnenkrijgt, ben je direct dood.'
De Cock bracht zijn handen voor zijn gezicht. Het verhaal van Bobette van Zon bracht het raderwerk van zijn hersenen op volle toeren. Koortsachtig zocht zijn brein naar verbanden en motieven.
'Stond dat spul in het tuinhuisje open en bloot?'
Bobette van Zon schudde haar hoofd.
'We hadden er een apart kastje voor. Boven het aanrecht. Daar stonden nog meer van die dingen in. Voor de tuin. Agatha had met een rood viltstift op het deurtje 'Vergif' geschreven.'
'Er zat een slot op dat deurtje?'
Bobette van Zon trok wat aarzelend haar schouders op.
'Ach nee,' sprak ze ontwijkend, 'geen slot. Waarom ook? Dat was niet nodig. Er kwamen bij ons nooit kinderen in de tuin. Alleen groten.'
'Wie?'
Bobette van Zon spreidde haar handen.
'Een paar oude buurtjes van Agatha... en alle dames van de kring.'
'Ook Annette van Leeuwenhoek?'

Bobette van Zon likte aan haar droge lippen.
'Ook Annette.'
De Cock grinnikte vals.
'En ik dacht, dat Agatha een hekel aan haar had.'
Bobette knikte bedachtzaam.
'Dat is ook zo. Agatha mag haar niet. Maar als ze bijvoorbeeld in gezelschap van Mathilda van Lochem kwam, dan kon je haar slecht de deur wijzen.'
'En dat is wel eens gebeurd?'
'Wat?'
'Dat ze samen met Mathilda van Lochem kwam?'
'Ja.'
'Wanneer voor het laatst?'
'Een paar weken geleden. Toen leefde Martha nog.'
'En sindsdien is het vergif weg?'
Bobette van Zon wierp hem een hulpeloze blik toe.
'Dat weten we niet. Misschien was het al eerder weg. We zijn pas gaan kijken, toen Zwarte Sophie door blauwzuurgas stierf.'
'Toen was het weg?'
Bobette van Zon liet haar hoofd zakken.
'Ja,' antwoordde ze hees, 'toen was het weg. Je kon door het stof nog wel het plekje zien waar de bus had gestaan.'
Ze zweeg; friemelde opnieuw met haar vingers aan de brede zoom van haar rok. Pas na een tijdje keek ze op.
'Dit blijft onder ons. Ik bedoel, u mag niet tegen Agatha zeggen, dat ik u dit allemaal heb verteld. Ik had haar beloofd te zwijgen.'
De Cock keek haar aan.
'En als Agatha inmiddels wakker is geworden en merkt, dat u er niet bent?'
Rond de mond van Bobette van Zon dartelde een glimlach.
'Dan zeg ik gewoon, dat ik even een ommetje heb gemaakt, omdat ik niet kon slapen.' Ze stond op en knoopte haar mantel dicht. 'Dat doe ik wel meer.'
De Cock kwam van zijn stoel overeind.
'Is er wel eens ingebroken?'
'Bij ons in het tuinhuisje?'
'Ja.'
Bobette van Zon schudde haar hoofd. 'Bij ons nog nooit. Wel verderop in een ander laantje van het tuincomplex.'

De Cock knikte begrijpend en begeleidde haar tot aan de deur. Daar reikte hij haar de hand. Onderwijl tastte hij haar gelaatstrekken af, scherp, observerend. Op zijn gezicht lag een vriendelijke grijns.
'Hoe stierf Martha?'
Bobette van Zon werd plotseling furieus. Ze liet geschrokken zijn hand los. Haar wat kinderlijke houding verdween. Haar ogen schoten vuur en haar lippen vormden een smalle strakke lijn. Haar volle wangen kleurden bloedrood. Ze bracht haar gezicht dicht bij hem en snauwde bijterig: 'Niet door vergif.'

De Cock was de volgende morgen al weer vrij vroeg aan het bureau Warmoesstraat. Zijn korte nachtrust had hem niet verkwikt. Integendeel, de slaap had alle spankracht uit zijn lichaam gezogen. Hij had vermoeide voeten en zijn knieën kraakten bij iedere beweging. Bovendien leek het alsof duizenden kleine duiveltjes met scherpe naalden geniepig in de ballen van zijn kuiten prikten. Het maakte hem wat timide. Hij wist wat die pijn betekende. Telkens als een onderzoek slecht verliep, als hij het verlammende gevoel had steeds verder van de oplossing weg te drijven, gaven zijn voeten acte de présence. Hij leunde wat achterover in zijn stoel en tilde zijn benen op zijn bureau.
Vledder keek hem bezorgd aan.
'Zere voeten?'
De Cock knikte met een pijnlijk gezicht.
'Ik heb er vannacht, op weg naar huis, nog eens over nagedacht,' sprak hij traag. 'Misschien hadden we zo brutaal moeten zijn om alle dames van de kring reeds bij de moord op Zwarte Sophie te laten fouilleren.'
Vledder schudde zijn hoofd.
'Ik heb er ook bij de moord op Jennifer Jordan wel aan gedacht, maar de wet staat het niet toe.'
De Cock grijnsde.
'Dat is de ellende met de wet... ze geeft ons opsporingsambtenaren vaak zo weinig mogelijkheden. Om het stel te kunnen fouilleren, hadden we hen inderdaad onmiddellijk na de moord op Jennifer Jordan alle acht moeten arresteren. Ik heb even met die gedachte gespeeld, maar ik durfde het eerlijk gezegd niet zo goed aan. Ik vond het ook niet redelijk ten opzichte van die vrouwen van de

kring, die onschuldig zijn.' Hij gebaarde hulpeloos. 'Misschien hadden we wel een bevel tot huiszoeking kunnen lospeuteren, maar met meester Van Lochem als officier van justitie twijfel ik zelfs daaraan.'
Vledder schudde zijn hoofd.
'We zullen die beide gifmoorden toch moeten oplossen,' merkte hij verlegen op.
De Cock keek naar hem op; een matte glimlach om zijn mond.
'We zullen wel moeten. We zijn het aan onze reputatie verplicht.'
Ineens, in een flits, nam hij zijn benen van zijn bureau, stond op en stiefelde naar de kapstok.
Vledder kwam hem verwonderd na.
'Waar ga je heen?'
De Cock draaide zich half om.
'Naar Bussum.'
'Wat is daar?'
De Cock trok grijnzend zijn jas aan.
'Daar woont Annette van Leeuwenhoek. En vannacht kwam ik tot de ontdekking dat ik in mijn achterhoofd toch wel een paar vragen had.'

Vledder stopte in de Jan Toebacklaan in Bussum voor een statig herenhuis met een erker en een monumentale deur, met in het midden een koperen klopper onder een getralied venstertje.
De beide rechercheurs stapten uit en liepen op het huis toe. Het was met klimop begroeid en bood een wat sombere aanblik. De Cock nam de omgeving in ogenschouw. Toen vatte hij de koperen klopper en bonsde tweemaal. De mahoniehouten deur vormde een prachtig klankbord. Zachtjes dreunde de klopper na.
Het duurde een paar minuten, toen ging het venstertje boven de klopper open. Achter de tralies verscheen het gezicht van Annette van Leeuwenhoek. In haar ogen glansde een blik van herkenning, vermengd met verbazing en achterdocht. Langzaam zwaaide de deur open.
Ze droeg een hooggesloten paarse blouse met een opstaand kraagje boven een zwarte, wijd geplooide, kamgaren rok. Om haar magere hals hing een gouden ketting met een klein medaillon.
De Cock lichtte zijn hoed.

'De Cock,' sprak hij minzaam en gebaarde opzij. 'En dat is...'
Annette van Leeuwenhoek onderbrak hem.
'U behoeft zich aan mij niet meer voor te stellen,' sprak ze streng, verwijtend. 'Zo slecht is het met mijn geheugen nu ook weer niet gesteld.' Ze blikte hem onbevangen aan en kuchte. 'Ik neem aan, dat uw bezoek een ambtelijk karakter draagt?'
De Cock hield zijn hoed in de hand.
'Dat draagt het,' antwoordde hij vormelijk. 'Wij zijn helemaal uit Amsterdam gekomen om u te bezoeken.'
In zijn stem klonk iets van spot door.
Annette van Leeuwenhoek trok haar neus iets op.
'U weet toch al hoe ik mijn koffie drink.'
De Cock negeerde haar opmerking. Hij zette zijn hoed weer op en rilde.
'Het is wat kil voor de tijd van het jaar... vindt u niet?'
Annette van Leeuwenhoek aarzelde even. Toen deed ze met de deur in haar hand een stap terug.
'Komt u binnen.'
De heren liepen langs haar heen naar een imposante hal met een gestileerde eiken lambrizering in diffuus licht.
Annette van Leeuwenhoek sloot de deur zorgvuldig en ging de heren voor naar een ruim hoog vertrek met een indrukwekkende natuurstenen haard in het midden.
De Cock liet zijn blik langs de wanden glijden. Er waren een paar uitstekende imitaties van landschappen van John Constable in brede vergulde lijsten en fraaie reprodukties van Breitner achter ontspiegeld glas. Bij een Amsterdams stadsgezicht bleef hij staan en tilde het glas iets van de wand.
Annette van Leeuwenhoek monsterde zijn bewegingen en kwam van opzij naar hem toe.
'U houdt van Breitner?' vroeg ze met een frons in haar voorhoofd.
De Cock knikte met een ernstig gezicht.
'Ik vind die impressionistische schilderwijze van Breitner zo prachtig, zo kleurrijk, zo markant. Hoewel ik laatst heb gelezen dat hij bij zijn studies gebruik maakte van de toch meestal wat statische fotografie, vind ik dat zijn objecten vrijwel altijd bruisen van leven.'
Hij draaide zich om en gebaarde naar de andere wand. 'Het is nooit zo lieflijk en verstild als de landschappen van John Constable.'

Annette van Leeuwenhoek glimlachte beleefd.
'Daarom heb ik ze ook juist als tegenstelling tegenover elkaar gehangen.' Ze keek hem van terzijde aan, steels, met een spottend lachje om de mond. 'Ik merk: de opstelling heeft educatieve waarde.'
De Cock trok zijn gezicht in een grijns. De hautaine houding van de vrouw hinderde hem bovenmate. Het kostte hem moeite om zijn ergernis te bedwingen.
'De Franse impressionisten kan ik erg waarderen,' reageerde hij wat mat.
Annette van Leeuwenhoek knikte nauwelijks waarneembaar.
'Ik ook.'
Het onderwerp schilderkunst scheen haar matig te interesseren. Ze trok haar hoofd naar achteren en liep bij hem vandaan. Tegenover Vledder nam ze plaats in een leren fauteuil bij de haard en sloeg haar benen over elkaar. De Cock keek nog even rond; zocht naar kleurverschillen in het behang. Toen ging hij bij de anderen om de haard zitten.
Annette van Leeuwenhoek streek het lange grijze haar uit haar gezicht en blikte naar De Cock op.
'U komt mij toch ook niet beschuldigen van de moord op Jennifer Jordan?'
De Cock antwoordde niet. Haar directe vraag had hem wat overrompeld. Hij trok diepe denkrimpels boven zijn neus.
'Op het moment, dat ik u beschuldig,' sprak hij na enige tijd plechtig, 'heb ik de bewijzen van uw schuld achter de hand.'
'Die heeft u dus niet.'
De Cock schudde zijn hoofd.
'Nóg niet,' merkte hij fijntjes op. 'Maar als ik u was, zou ik niet wanhopen. Het is in mijn carrière meer gebeurd, dat het lang duurde voor ik over deugdelijke bewijzen beschikte.'
Annette van Leeuwenhoek klemde haar lippen op elkaar. Er kwam een blos op haar bleke wangen.
'Ik voel er weinig voor,' sprak ze geagiteerd, 'om met u een soort kat- en muisspel te spelen. Ik zeg u nog eens in alle duidelijkheid... ik heb mijn eerste man niet vermoord... ik heb mijn schoonzuster Sjaan niet van kant gemaakt... en ik ben niet verantwoordelijk voor de moord op Jennifer Jordan.'
De Cock boog zich iets naar haar toe.

'Hoe vaak was u op het tuincomplex Nut en Genoegen in het tuinhuisje van de zusters Van Keulen?'
Annette van Leeuwenhoek zuchtte diep.
'Agatha van Keulen is een gemene intrigante. Ze is duivels en geslepen... veel duivelser en geslepener dan de faam, die ik geniet. Gelooft u mij... haar hetze tegen mij is een handige zet... richt de schijnwerper op een ander en niemand heeft nog aandacht voor jou.' Ze schudde traag haar hoofd. 'Ik heb dat vergif niet uit dat kastje genomen.'
De Cock keek haar verrast aan.
'Hoe weet u dat uit dat kastje vergif is verdwenen?'
Annette van Leeuwenhoek trok achteloos haar schouders op.
'Wie weet? Misschien hebben wij wel dezelfde informatrice.'
De Cock klemde zijn lippen samen. In zijn gedachten sloop een vrouw met een omvangrijke boezem in een wijde slobbertrui.
'Bobette van Zon.'
Annette van Leeuwenhoek grinnikte vreugdeloos.
'Een dik dom leuterwijf... als u begrijpt wat ik bedoel. Ze kletst en roddelt over alles en iedereen. Ze zal ook tegen u wel hebben gezegd, dat het geheim 'onder ons' moest blijven.'
De Cock liet zijn hoofd zakken en deed zijn ogen even dicht. De klap die hij te incasseren kreeg, dreunde nog in zijn hersens na.
'Dan weet u inmiddels ook,' sprak hij onzeker, 'dat wij Harry Donkervliet hebben vrijgelaten?'
Annette van Leeuwenhoek knikte voor zich uit.
'Dat wist ik al voordat Bobette van Zon mij vanmorgen in alle vroegte belde.'
De Cock fronste zijn wenkbrauwen.
'Hoe?'
Annette van Leeuwenhoek leunde achterover in haar leren fauteuil. Om haar dunne lippen zweefde een hautain lachje.
'Hij was gisteravond bij mij.'
'Harry Donkervliet?'
'Ja, de neef van Jennifer. De man, die door het onzalig gekonkel van Mathilda werd gearresteerd.'
De Cock trok zijn gezicht in een ernstige plooi.
'Waarom bezocht hij u?'
Annette van Leeuwenhoek antwoordde niet direct. Ze speelde met de ketting van haar medaillon. Een mysterieuze glimlach danste

om haar mond. Ze genoot zichtbaar van de intense aandacht, die De Cock haar gaf.
'Om met mij te praten,' sprak ze hees. 'Harry had duidelijk problemen.'
'Waarmee?'
Ze gebaarde vaag.
'Hij was tijdens zijn verblijf bij jullie in de Warmoesstraat niet erg openhartig geweest. Daar maakte hij zich zorgen over. Hij was bang, dat hem dat later kwalijk zou worden genomen. Hij had dingen verzwegen.'
'Zoals?'
'De affaire van de ring.'
'Wat voor een ring?'
Annette van Leeuwenhoek streek met haar pink een lok haar achter haar rechteroor. De geheimzinnige lach om haar mond was verdwenen.
'Een gifring.'
De Cock keek haar gespannen aan.
'Een gifring?' herhaalde hij verrast.
Annette van Leeuwenhoek knikte.
'Volgens Harry, een ring met een verborgen ruimte, die door een druk op een palletje kon worden geopend. Het moet een zeldzaam exemplaar zijn, heel oud, bezet met rode saffiertjes. Hij behoorde tot de vele sieraden die Jennifer van haar man had geërfd.'
De Cock kon zijn ongeduld niet helemaal bedwingen.
'Wat is er met die ring?' vroeg hij snauwerig.
Annette van Leeuwenhoek likte aan haar lippen.
'Harry wist, dat er zo'n ring was. Na de gifmoord op Zwarte Sophie is hij gaan kijken.'
'En?'
'Verdwenen.'
'De gifring?'
Annette van Leeuwenhoek knikte even.
'Uit de bijouteriekast van Jennifer.'

14

Ze reden de Jan Toebacklaan in Bussum uit. Het was gaan regenen. Vledder, aan het stuur, zette de ruitenwissers aan. De Cock keek er naar. De heen en weer zoevende bewegingen hadden op hem een vreemde invloed. Als hij er zich niet sterk tegen verzette, brachten ze hem in een bijna hypnotische slaap.
Vledder blikte hem van opzij aan.
'Het is mijn schuld niet,' sprak hij verontschuldigend. 'Ik heb Harry Donkervliet wel een paar maal verhoord, maar hij heeft mij nooit iets van die ring gezegd. Annette van Leeuwenhoek had gelijk. Harry was niet erg openhartig. Ik heb steeds het gevoel gehad, dat hij iets voor mij verzweeg.'
De Cock trok zijn schouders op.
'We zullen hem in verband met die ring toch nog een keer moeten verhoren. Misschien heeft hij wel een verklaring voor zijn zwijgzaamheid.' Hij glimlachte. 'Overigens vind ik het een interessant aspect. Ik heb mij steeds afgevraagd op welke manier gif in de koffie werd gedaan.'
'Bestaan er van die ringen?'
De Cock knikte overtuigend.
'Zeker. Ze werden door de Borgia's gebruikt. En zelfs al lang daarvoor. Maar ik ben ze nog nooit tegengekomen. En ik moet je eerlijk bekennen, dat ik ook in deze zaak nog niet op het idee van een gifring was gekomen.'
Vledder schudde zijn hoofd.
'Het is alleen jammer. Het brengt ons niet veel verder. De bijouteriekast van Jennifer Jordan was volgens Annette van Leeuwenhoek nooit afgesloten en stond bovendien in dezelfde kamer als waar de seances werden gehouden. Dat betekent, dat in feite elk lid van de spiritistische kring de ring in een onbewaakt ogenblik kan hebben weggenomen.'
De Cock knikte.
'We weten ook niet hoelang de ring al weg is. Het is net als bij het vergif in Agatha's tuinhuisje. Harry Donkervliet is pas na de moord op Zwarte Sophie naar de ring gaan kijken. Maar het is best mogelijk, dat hij al maanden weg was.'
Ze reden een tijdje zwijgend verder. Vledder keek strak voor zich

op de weg. De Cock zakte wat onderuit en dacht nog eens na over het hoe en waarom van alles en begon vaag wat contouren te zien. Vledder stootte hem aan.
'De moordenares moet de ring tijdens de moord-seances hebben gedragen.'
De Cock kwam iets omhoog.
'Vermoedelijk droeg ze hem nog toen wij arriveerden.' Hij keek naar Vledder op. 'Kan jij je herinneren wie van de dames een ring droeg met rode saffiertjes?'
Vledder haalde hulpeloos zijn schouders op.
'Ik heb daar niet zo op gelet. Ik meen, dat alle dames sieraden droegen.'
'Zo zie je, dat je nooit alert genoeg kan zijn.' Het klonk wat wrang.
'Misschien hadden we de moordenares zo uit het groepje kunnen pikken.'
Vledder reed de auto de Oudebrugsteeg in en parkeerde op de houten steiger achter het politiebureau. Vandaar slenterden ze naar de Warmoesstraat. De Cock blikte opzij.
'Wanneer verricht dokter Rusteloos de sectie op het lichaam van Jennifer Jordan?'
'Vanmiddag om drie uur.'
'Ga jij?'
Vledder knikte traag.
'Jij zal er wel geen zin in hebben.'
De Cock lachte.
'Vervelende karweitjes zijn voor de jongeren. Dat is altijd zo geweest.'
Ze stapten het politiebureau binnen. Van achter de balie zwaaide Meindert Post met een telefoonhoorn.
'Hier is iemand voor je,' brulde hij.
De Cock liep achter de balie en nam de hoorn over. Onderwijl drukte Meindert Post hem een kladje met een telefoonnummer in zijn andere hand. 'En dat nummer moet je ook bellen.'
De Cock keek ernaar. Het nummer kwam hem niet bekend voor. Hij gaf het kladje aan Vledder, die hem was gevolgd. 'Bel jij even,' gebood hij. Eerst daarna meldde hij zich aan de telefoon.
'Met Peter Karstens,' hoorde hij.
De Cock grinnikte.
'De oude kladderaar.'

Peter Karstens, aan de andere kant van de lijn, diende hem prompt van repliek.
'Ik ben nog lang niet zo oud als jij. En als jij zo'n goede rechercheur was als ik schilder ben, dan had je het veel verder geschopt.'
De Cock lachte uitbundig. Hij had in zijn hart een zwak voor de dolle penseelridder.
'Wat kan ik voor je doen?'
'Jij kunt voor mij niets doen, maar misschien ik wel iets voor jou.'
'Wat?'
Er viel een korte stilte. 'Ik heb een verrassing voor je.'
'Wat voor een verrassing?'
'Het staat hier op nog geen twee meter van mij vandaan. Als je komt, kun je het zien.'
'Kun je het mij zo niet zeggen?'
'Als je evengoed komt.'
De Cock knikte met de hoorn in zijn hand.
'Ik kom.'
'Oké... het is een Monet.'
De Cock slikte.
'Wat?'
De Cock staarde naar de hoorn in zijn hand. De schilder had opgehangen. Peinzend legde De Cock de hoorn weer op het toestel. Toen wenkte hij naar Vledder, die aan een bureau in een hoek van het vertrek zat te telefoneren en beduidde hem, dat hij hem moest volgen. Het duurde vijf minuten, toen zaten ze weer in de wagen.
Vledder keek De Cock vragend aan.
'Waarheen?'
'Naar de Noordermarkt.'
'Wat is daar?'
De Cock grijnsde.
'Daar woont een schat van een vervalser.'
Vledder keek hem verwonderd aan.
'Een vervalser?'
De Cock knikte blijmoedig.
'En het wordt tijd, dat jij hem eens ontmoet. Zulke mensen behoor je als rechercheur te kennen.' Hij keek naar Vledder op. 'Met wie heb jij gebeld?'
Vledder trok een grimas.

'Christine van der Waal.'
De Cock fronste zijn wenkbrauwen.
'Wat wilde ze?'
Vledder gebaarde voor zich uit.
'De opsporing verzoeken.'
'Van wie?'
'Van Harry Donkervliet. Ze had van Bobette van Zon gehoord, dat wij hem gisteravond al hadden vrijgelaten.'
'En?'
'Hij is niet thuisgekomen. Omdat Harry wel eens meer een nachtje van huis is, had ze zich aanvankelijk geen zorgen gemaakt. Maar toen hij er vanmiddag nog niet was, werd ze ongerust. Ze had juist nu Harry zo nodig. Er was nog zoveel te doen... de begrafenis van Jennifer... gesprekken met de notaris.'
'Wie is dat?'
'Ene Pool uit Purmerend.'
De Cock plukte aan zijn onderlip en stak toen zijn wijsvinger omhoog.
'Weet ze iets van Viola Wijngaard?'
Vledder haalde zijn schouders op.
'Ze heeft tegen mij met geen woord over haar gerept. Wel zei ze dat ze stad en land had afgebeld, maar dat Harry gewoon van de aardbodem leek verdwenen.'
De Cock staarde peinzend voor zich uit. In zijn hoofd spookten tal van vragen. Waarom trok Harry Donkervliet na zijn vrijlating onmiddellijk naar Annette van Leeuwenhoek? Alleen om haar te zeggen, dat er een gifring was verdwenen? En waar was hij nu? Hij blikte opzij.
'Als we straks terug zijn op de Kit*, moet je nog maar eens met de huismeester van dat flatgebouw bellen.'
'De flat van Viola Wijngaard.'
De Cock knikte.
'Misschien kan hij zeggen wanneer hij voor het laatst die roomkleurige Jaguar heeft gezien.' Hij zweeg even.
'En bel die notaris Pool in Purmerend ook eens op. Ik wil wel eens weten hoeveel vriend Harry zijn lieve tante in de loop der jaren heeft gekost.' Hij kwam met een schok overeind, bekeek de omge-

*Penoze-uitdrukking voor het politiebureau Warmoesstraat.

ving en stak zijn hand op. 'Hier aan het eind linksaf de Noordermarkt op. Achter de hervormde kerk.'
Ze stopten voor het kleine huis met het grote hoge raam. De Cock stapte met enige moeite uit en liep naar het atelier. Vledder sloot de wagen af en volgde. Peter Karstens hield de deur al voor hen open. Hij glunderde.
'Ik stond al op je te wachten. Ik wist, dat je direct zou komen.'
De Cock gebaarde achter zich.
'Dat is mijn collega, rechercheur Vledder.' Hij maakte een grimas. 'Bijna net zo bekwaam als ik.'
Peter Karstens schudde Vledder de hand.
'Moet dat een compliment zijn?' snierde hij.
De Cock deed alsof hij niets had gehoord. Hij legde zijn hand op de schouder van de schilder.
'En dit is Peter Karstens,' sprak hij plechtig. 'Als hij drie eeuwen geleden had geleefd, dan hingen zijn fameuze doeken nu in alle grote musea ter wereld.'
Peter Karstens haalde zijn schouders op.
'Och,' sprak hij achteloos, 'wie weet wat daar over driehonderd jaar hangt.'
Ze liepen naar het atelier. De Cock keek om zich heen.
'Waar heb je hem?'
'De Monet?'
'Ja.'
Peter Karstens keek hem met open mond aan.
'Bij mij beneden. Je denkt toch niet,' riep hij verbaasd, 'dat ik hem hier voor het raam zet... waar blijft je verstand... dan hebben ze morgen bij mij ingebroken.' Zonder commentaar af te wachten, draaide hij zich om en ging de beide rechercheurs voor naar de ruimte met de lage zoldering. Achter de ruwhouten tafel was de leren bank leeg. De Cock miste haar direct.
'Is Maria er niet?'
Peter Karstens schudde zijn hoofd.
'Ze werkt een paar dagen... voor een uitzendbureau... typt keurige brieven op een keurig kantoor.' Hij grinnikte. 'Voor de wijn. Telkens als ons voorraadje dreigt op te raken... gaat Maria aan de slag.'
De Cock fronste zijn wenkbrauwen.
'Ik dacht, dat jij miljoenen verdiende?'

Peter Karstens spreidde zijn armen in een hulpeloos gebaar.
'Een eerlijk stuk brood... een pittige kaas... een goed glas wijn... wat kan je voor miljoenen meer kopen?'
Hij liep naar een schildersezel in een hoek van het vertrek naast een notehouten kabinetje. Het doek op de ezel was met een linnen lap bedekt. Met enige zwier, als onthulde hij een monument, trok Peter Karstens het doek weg.
'Voilà... Monet.'
De Cock bleef een paar minuten in stille bewondering staan. De losse wijze van schilderen... het jubelende kleurenspel... de haast nonchalante penseelvoering ... het verrukte hem. Schoorvoetend trad hij naderbij. Uit volle bewondering zette hij zijn sterke tanden in zijn onderlip.
'Een echte,' hijgde hij.
Peter Karstens knikte devoot.
'Een echte,' herhaalde hij. 'Zo puur echt, dat het lijkt alsof ik hem heb geschilderd.'
De Cock keek geschrokken opzij.
'Dat is toch niet zo?'
Peter Karstens schudde zijn hoofd.
'Nee, nee,' sprak hij geruststellend, 'dit heb ik niet gemaakt. Dit is een echte, onvervalste Monet.' Hij glimlachte fijntjes. 'Ik ben gelukkig nog in staat om mijn eigen werk te herkennen.'
De Cock boog zich wat naar voren en streek met de toppen van zijn vingers heel voorzichtig over de oneffenheden van de verf. Hij keek schuin omhoog.
'Is hij te koop?'
Peter Karstens knikte nadrukkelijk.
'Voor elk aannemelijk bod. Zie je, ik heb hem, zo gezegd, in consignatie.'
De Cock fronste zijn wenkbrauwen.
'In consignatie?'
Peter Karstens knikte heftig.
'Als je er een gefortuneerde koper voor weet... ik houd mij aanbevolen.'
De Cock keek de kunstenaar gespannen aan.
'Van wie?'
'Wat bedoel je?'
'Van wie heb je die Monet in consignatie?'

Peter Karstens gebaarde wat vaag.
'Van Annette van Leeuwenhoek. Ze heeft hem een uurtje geleden gebracht.'

15

De Cock keek de kunstenaar secondenlang aan. Hij scheen weinig verrast.
'Annette van Leeuwenhoek?'
'Inderdaad,' antwoordde de schilder. 'Annette van Leeuwenhoek. Deze fraaie Monet is van haar. Er is ook een certificaat van echtheid bij, maar die had ze niet meegenomen. Vergeten. Maar zodra je een koper voor het doek hebt, zei ze, kan je het certificaat bij mij komen halen.'
'Je hebt haar adres?'
De kunstenaar knikte.
'Bussum, Jan Toebacklaan.'
'Waarom verkoopt ze het?'
Peter Karstens trok zijn schouders op.
'Geldnood... ik weet het niet. Ze was wel erg gespannen toen ze het bracht... lang niet zo ad rem en zelfverzekerd als toen ze die kopieën bij mij bestelde. Ze maakte op mij de indruk onder grote spanning te staan.'
'Heeft ze daar iets over gezegd?'
Peter Karstens schudde traag zijn hoofd.
'Niets. Ze kwam gehaast binnen en is even gehaast weer vertrokken. We hebben nauwelijks een paar woorden met elkaar gewisseld.'
De Cock streek over zijn kin.
'Heb je voor het doek een bewijs van ontvangst getekend?'
Peter Karstens maakte een grimas.
'Zelfs dat niet. Ze kan uiteraard met het certificaat van echtheid haar eigendomsrecht claimen. Bovendien ligt het allerminst in mijn bedoeling haar te belazeren. Als ik met de verkoop van die Monet een paar centjes kan verdienen, is het mij al goed genoeg. Ik ken wel een paar mensen, die mogelijk interesse hebben.' Hij grijnsde breed. 'En als jij niet zo'n luizig ambtenarensalarisje had... ver-

kocht ik hem aan jou.'
De Cock lachte vrolijk. Plotseling trok hij zijn gezicht weer in een ernstige plooi.
'Ik wil hem even lenen.'
De schilder keek hem met verbaasde ogen aan.
'Lenen?'
De Cock knikte.
'Een uurtje... dan breng ik hem weer terug.'
Peter Karstens grinnikte vreugdeloos.
'Die Monet?' vroeg hij ongelovig. 'Ik weet niet eens of het doek is verzekerd... en zo ja... tegen welk bedrag.'
Dat liet De Cock onverschillig.
'Dat geeft toch niet. Ik sta er voor garant, dat het doek onbeschadigd bij je terugkomt.'
Peter Karstens snoof.
'Wat is zo'n garantie waard?'
De Cock keek hem wat schuins aan; zijn gezicht in een beminnelijke plooi.
'Onze vriendschap,' was het simpele antwoord.
Peter Karstens wreef zich peinzend achter in de nek. Hij had duidelijk moeite met een besluit.
'Oké,' sprak hij na een poosje. 'Maar als je binnen een uur niet met het doek hier in mijn atelier terug bent, doe ik aan de Warmoesstraat aangifte van verduistering en laat jouw opsporing verzoeken.'
De Cock lachte bevrijd.
'Dat is fraai, Peter, heel fraai. En aan dat bevel tot opsporing werk ik dan zelf weer mee.'
De kunstschilder vatte hem bij de arm. Zijn anders zo jolig gezicht stond ernstig. Hij wees naar de Monet op de ezel in de hoek.
'Zonder dollen, De Cock. Dit is een kostbaar werk. Onvervangbaar. Ik zou mij geen raad weten als...'
De Cock stak afwerend zijn hand op. De lach was van zijn gezicht verdwenen.
'Ik weet hoe kostbaar het is, Peter. Het heeft al twee mensenlevens gekost.'

Ze reden van de Noordermarkt weg. Op de achterbank van de volkswagen, in lappen gewikkeld, stond de Monet. De Cock keek

op zijn horloge.
'Het is al kwart voor drie. Het lijkt mij het beste, dat je naar het sectielokaal aan de Overtoom rijdt. Je kunt dokter Rusteloos niet laten wachten.'
'En dan?'
'Dan neem ik de wagen van je over.'
Vledder duimde naar het schilderij op de achterbank.
'Waar ga je daarmee naar toe?'
'Aan iemand laten zien.'
'Wie?'
De speurder antwoordde niet. Zijn gedachten speelden koortsachtig met de vraag waarom Annette van Leeuwenhoek zich zo plotseling van dat doek wilde ontdoen? Stond ze inderdaad onder druk? En van wie ging die dan uit... Harry Donkervliet?
'Wie... aan wie ga je dat schilderij laten zien?'
In de stem van Vledder sloop ongeduld.
De Cock staarde voor zich uit.
'Christine van der Waal,' sprak hij mat. 'Ik heb in het huis aan de gracht dezelfde Monet zien hangen.'

De Cock manoeuvreerde de volkswagen zwetend en met een rood hoofd door het drukke stadsverkeer. Hij hield niet van autorijden. Hij bezat geen enkel gevoel voor techniek. Ook begreep hij niets van het gedrag van automobilisten, die hem zowel links als rechts voorbijstoven. Het maakte hem onrustig, nerveus. Inzake het voortbewegen was zijn ziel in het zwierige tijdperk van de trekschuit en de diligence blijven steken.
Bij het huis aan de gracht vond hij met moeite een parkeerplaatsje aan de wallekant tussen de bomen. Hij nam het doek onder zijn arm, sloot de wagen af en stak de rijbaan over.
De deur werd op zijn bellen vrijwel onmiddellijk opengedaan. Hijgend, met het zweet nog in de handen, liep De Cock met het doek onder zijn arm, de trap op.
Op het portaal, boven aan de trap, stond Christine van der Waal. Het zwarte, reeds grijzende haar hing los op haar schouders. Ze trok een verbaasd gezicht.
'Hebt u bericht over Harry?'
De Cock zette het schilderij aan zijn voeten.
'Nee, geen bericht over Harry. We weten nog steeds niet waar hij

is.' Hij glimlachte vriendelijk. 'Maar hij loopt niet in zeven sloten tegelijk.'
Christine van der Waal vouwde haar handen.
'Ik maak mij toch zorgen. Harry is geen man om alleen te zijn. Daar kan hij niet tegen. Als Jennifer en ik wel eens een paar dagen weg waren...'
De Cock onderbrak haar.
'Ik kom niet in verband met Harry.'
Ze keek hem wat wantrouwend aan.
'Niet in verband met Harry?'
De Cock schudde zijn hoofd. Hij nam het schilderij op en liep langs haar heen de lange gang in. Achter zich hoorde hij haar driftige voetstappen. Aan het einde van de gang opende hij de deur naar de kamer van de seances. Met het doek in zijn hand bleef hij midden in de kamer staan en keek demonstratief om zich heen. Aan de wanden, links en rechts, hingen twee Renoirs, een Monet en een Toulouse-Lautrec. Er ontbrak er geen.
Van onder de grote ronde eiken tafel trok hij een stoel en zette het schilderij er op. Voorzichtig haalde hij de lappen eraf. Na een paar seconden straalde de Monet in volle glorie.
De Cock keek schuin omhoog naar Christine van der Waal. Zijn scherpe blik tastte haar gelaatstrekken af. Ze zag bleek, vond hij, erg bleek en haar lippen trilden. Met een glimlach om zijn mond gebaarde hij naar de schilderijen aan de wanden.
'Ik zie,' riep hij opgewekt, bijna vrolijk, 'ze zijn er nog allemaal. Gelukkig.' Zijn tong gleed langs zijn lippen. 'Ik eh...' hakkelde hij verlegen, 'ik was bang, dat er een verdwenen was.' Hij strekte zijn arm naar het schilderij op de stoel. 'Ik zag vanmorgen toevallig dit doek bij een kunsthandel staan en ik meende mij te herinneren, dat er ook zo'n schilderij hier in de kamer hing. Ik dacht ...vrij impulsief, moet ik zeggen... dat doek is vast uit het huis aan de gracht gestolen. Ik ben toen domweg die kunsthandel binnengestapt en heb het schilderij in beslag genomen.' Hij spreidde zijn handen en schudde triest zijn hoofd. 'Ik heb mij vergist. Duidelijk.' Hij wees opnieuw naar het doek.' Dit hier... dit moet een vervalsing zijn.'
Christine van der Waal knikte nauwelijks merkbaar.
'Inderdaad,' sprak ze toonloos, 'dat moet een vervalsing zijn.'
De Cock pakte de Monet weer in en nam hem onder de arm. Hij

keek op en lachte wat schaapachtig. 'Het spijt mij, dat ik u heb lastig gevallen.' Hij trok zijn schouders op. 'Dat komt er van als een leek zich met kunst gaat bemoeien.' Hij liep naar de deur. Daar bleef hij staan en draaide zich half om. Ze stond bij de stoel, waarop het schilderij had gestaan. Kaarsrecht. De armen gevouwen voor haar borst.
De Cock keek haar aan. Een moment leek hij besluiteloos. Toen opende hij de deur en liep de lange gang in.

'Hoe was de sectie?'
Vledder maakte een grimas.
'Het leek wel of dokter Rusteloos op stukloon stond.'
De Cock lachte hartelijk.
'Was hij zo op dreef?'
Vledder knikte.
'Het is gewoon fascinerend om dokter Rusteloos tijdens zo'n sectie aan het werk te zien. Die man heeft zoveel vakkennis, zoveel routine, dat je vergeet waarmee hij feitelijk bezig is. Verschrikkelijk. Hij was in nog geen vijf kwartier klaar.'
'En?'
Vledder haalde zijn schouders op.
'Geen bijzonderheden. Jennifer Jordan is net als Zwarte Sophie vrijwel zeker aan vergif gestorven. Ik heb dokter Rusteloos gevraagd of er nog verschillen waren tussen de beide sterfgevallen. Volgens de patholoog-anatoom was dit niet het geval. Indien Zwarte Sophie en Jennifer Jordan geen gif te drinken hadden gekregen, hadden ze allebei vermoedelijk nog lang en gelukkig geleefd.'
De Cock keek hem bestraffend aan.
'Dat is een cynische opmerking.'
Vledder wierp hem een hulpeloze blik toe.
'Is dit geen vak om cynisch te worden?'
De Cock gaf geen antwoord.
'Wat wist de huismeester van het flatgebouw?'
Vledder lachte. 'Viola Wijngaard moet inmiddels somber zijn gestemd. Vriend Harry heeft zich al enige dagen niet laten zien.'
De Cock keek hem scherp aan.
'Viola is er wel?'
Vledder knikte vol overtuiging.

'Zeker. De huismeester heeft vanmorgen nog met haar gesproken toen ze haar post uit het vak in de hal haalde. Een onschuldig babbeltje over het weer. Hij heeft niets bijzonders aan haar gemerkt.' Er viel even een stilte. 'Ik heb wel een verrassing voor je.'
De Cock grijnsde.
'Een aangename?'
Vledder keek bedenkelijk.
'Dat is moeilijk te zeggen. Ik heb, zoals jij me vroeg, ook notaris Pool gebeld. Hij had van Christine van der Waal alle bescheiden gekregen.'
'En?'
'Harry kreeg nooit een cent.'
De Cock keek hem verbaasd aan.
'Geen cent?'
Vledder schudde zijn hoofd.
'De notaris vertelde mij, dat Jennifer Jordan nooit andere inkomsten had gehad dan die, voortvloeiende uit haar kapitaal.'
'Rente.'
'Inderdaad... rente. Haar vermogen was zo groot, dat ze geen kapitaalverlies leed. Integendeel, haar kapitaal groeide nog jaar op jaar. Van de genoten rente werd jaarlijks namelijk niet meer dan dertigduizend gulden opgenomen.'
De Cock fronste zijn wenkbrauwen.
'Dertigduizend?'
Vledder boog zich naar hem toe.
'En van die dertigduizend gulden werd de gehele huishouding van het huis aan de gracht gefinancierd.'
De Cock slikte.
'Het onderhoud van haarzelf, Christine van der Waal en neef Harry.'
Vledder knikte heftig.
'Begrijp je? In dat budget zit geen ruimte voor schenkingen aan Harry Donkervliet... zeker geen schenkingen, die een flat in Purmerend en het rijden in een dure wagen kunnen verklaren.'
De Cock wreef peinzend over zijn kin.
'Neef Harry heeft dus andere bronnen van inkomsten.'
Vledder snoof.
'Duistere bronnen. Het is verrekte jammer, dat we dat nu pas weten, anders had ik hem daarover aan de tand kunnen voelen.'

De Cock knikte traag.
'Zijn verdwijning begint mij nu toch te intrigeren. Het lijkt mij het beste...'
De telefoon begon te rinkelen. Vledder nam de hoorn op en luisterde. Ineens verstarde hij.
De Cock keek hem gespannen aan.
Vledder hield zijn hand voor het spreekgedeelte van de hoorn.
'Annette van Leeuwenhoek,' sprak hij hees. 'Vermoord.'

16

Rechercheur Vledder legde de hoorn op het toestel terug en staarde wezenloos voor zich uit. Zijn neus was wit en zijn neusvleugels trilden. Het bericht had hem zichtbaar geschokt.
De Cock kwam achter zijn bureau vandaan en legde bemoedigend een hand op zijn schouder.
'Vermoord?' vroeg hij kalm.
Vledder knikte nauwelijks merkbaar.
'In haar woning aan de Jan Toebacklaan in Bussum.'
'Hoe?'
Vledder trok een pijnlijk gezicht.
'Ingeslagen schedel.'
De Cock trok diepe denkrimpels in zijn voorhoofd.
'Ingeslagen schedel?'
Vledder slikte.
'Met een zware pook van het haardstel.'
'Sporen van braak?'
Vledder schudde zijn hoofd.
'Annette van Leeuwenhoek moet haar moordenaar zelf hebben binnengelaten.' Hij zweeg even. 'Hij moet dus wel een bekende van haar zijn geweest. We hebben zelf gemerkt hoe voorzichtig ze was met bezoekers. Ze deed altijd eerst dat kleine deurvenstertje open.'
'Hoe lag ze?'
Vledder raadpleegde zijn notities.
'Ongeveer in het midden van haar kamer, voorover, met diverse schedelbreuken op haar achterhoofd. De zware pook, waaraan nog

bloed en haren kleefden, lag naast haar op het kleed.'
De Cock beet op zijn onderlip.
'Dan moeten er meerdere slagen zijn toegebracht.'
Vledder knikte traag.
'Dat is ook zo. De politie in Bussum vermoedt, dat Annette van Leeuwenhoek haar moordenaar even de rug heeft toegekeerd en dat hij toen heeft toegeslagen.'
De Cock hield zijn hoofd wat schuin.
'Hij is dus niet met het moordwapen gekomen.'
'Nee.'
'Een woordenwisseling vooraf?'
Vledder keek vaag voor zich uit.
'De buren hebben niets van een twist of een ruzie gehoord. Een buurman, die zijn hondje uitliet, vond het vreemd dat de buitendeur van Annette openstond en het licht in de hal brandde. Hij heeft toen de politie gewaarschuwd.'
'De moordenaar is in paniek gevlucht?'
'Daar lijkt het op.'
'Hoe laat moet het zijn gebeurd?'
Vledder trok zijn schouders op.
'Dat valt niet precies vast te stellen. De buurvrouw links van haar, ene mevrouw Julia de Gruyter, met wie Annette van Leeuwenhoek blijkbaar nogal vertrouwelijk omging, vertelde, dat ze vanavond om negen uur nog met haar in de tuin achter het huis had gesproken. Annette had haar toen verteld van ons bezoek aan haar vanmorgen in verband met de moorden in het huis aan de gracht in Amsterdam. Dat is de reden, waarom de politie in Bussum onmiddellijk contact met ons opnam.'
De Cock knikte begrijpend.
'Ze dachten aan een mogelijk verband.'
Vledder keek naar hem op.
'Is dat er?'
De Cock blikte peinzend langs hem heen.
'Ze was toch getrouwd?'
Vledder glimlachte wat bitter.
'Ook met haar tweede man leefde Annette van Leeuwenhoek in onmin. Ze woonden al geruime tijd niet meer bij elkaar. De politie in Bussum heeft de echtgenoot al van de dood van zijn vrouw in kennis gesteld. Volgens de rechercheur, die ik sprak, is men

daarbij nogal omzichtig te werk gegaan. Er waren nogal wat spanningen tussen de echtelieden, zodat de man mogelijk als dader in aanmerking kwam. Maar het schijnt, dat hij een volkomen waterdicht alibi heeft.'
De Cock plukte aan zijn neus.
'Het lijkt mij het beste, dat jij even naar Bussum gaat om polshoogte te nemen. Je kunt dan tevens uitleggen hoe de zaken er bij ons voorstaan.'
Vledder aarzelde.
'Het belangrijkste heb ik je nog niet verteld.'
De Cock keek hem scherp aan.
'En dat is?'
Vledder wreef met de rug van zijn hand langs zijn lippen.
'Er is vanavond in de Jan Toebacklaan een wagen gezien... een vreemde wagen voor de omgeving.'
'Wat voor een wagen?'
Vledder zuchtte.
'Een roomkleurige Jaguar.'

De Cock liep met grote stappen de recherchekamer op en neer. Hij keek somber. De laatste ontwikkelingen hadden hem wat van zijn stuk gebracht. Hij had niet gedacht, dat de storm van emoties zo snel zou aanwakkeren. Van één ding was hij overtuigd: de zaak naderde haar oplossing. Maar naar zijn zin volgden de gebeurtenissen elkaar te snel op... zo snel, dat hij er bijna geen vat meer op had. En dat was gevaarlijk. Ten koste van alles moest hij voorkomen dat niet nog meer mensen het slachtoffer werden van een duister spel, dat was begonnen – zo wist hij zeker – tijdens seances in het lugubere huis aan de gracht.
Hij bleef voor Vledder staan.
'Vertel de politie in Bussum niets van de roomkleurige Jaguar.' Hij schudde nadrukkelijk zijn hoofd. 'Ik wil niet, dat zij nu al weten, dat het de wagen is van Harry Donkervliet. Ik wil per se met neef Harry praten voordat ze in Bussum de hand op hem leggen.'
Vledder keek hem verward aan.
'Hoe wil je met hem praten... hij is verdwenen.'
De Cock trok zijn wenkbrauwen samen.
'Wie van onze rechercheurs aan dit bureau is goed in het schaduwen?'

'Stoffel... Stoffel de Graaf.'
'De Reus van de Warmoesstraat.'
Vledder glimlachte.
'Zo wordt Stoffel in penoze-kringen genoemd... wegens zijn imposante gestalte. Maar hij kan goed schaduwen. Dat heeft hij in het verleden meermalen bewezen. Hij heeft zo zijn eigen methoden.'
Hij zweeg even; peinzend. 'En verder Gert van Lint.'
De Cock trok een bedenkelijk gezicht.
'Is dat een verantwoorde combinatie? Het enige wat die twee gemeen hebben... is dat ze beiden een baard dragen.' Hij zuchtte.
'Oké... Stoffel de Graaf en Gert van Lint... ze moeten onmiddellijk opdraven.'
Vledder keek hem vragend aan.
'Wie wil je laten schaduwen?'
De Cock stak zijn wijsvinger omhoog.
'Viola Wijngaard.'

'Heb jij gisteravond tijdens jouw bezoek aan Bussum nog iets nieuws gehoord?'
Vledder schudde zijn hoofd.
'De recherche was ijverig in de weer. Met veel mankracht. Hun technische man heeft op de 'plaats van delict' wel vingerafdrukken gevonden.'
'Waar?'
'Onder andere op de pook.'
De Cock schoof zijn onderlip vooruit.
'Heel mooi. Hebben ze die vingerafdrukken al kunnen thuisbrengen?'
'Voor zover ik weet... niet. Ze waren er gisteravond nog druk mee bezig.'
De Cock keek hem peinzend aan.
'Heb jij Harry Donkervliet tijdens zijn detentie hier aan de Warmoesstraat nog laten dactyloscoperen?'
Vledder knikte heftig.
'Zeker. Zijn vingerafdrukken zitten in de collectie.'
Plotseling sloeg hij zich voor het hoofd.
'Als de politie in Bussum haar vingerafdrukken ter identificatie naar Amsterdam opstuurt... rolt Harry Donkervliet er zo uit.'
De Cock trok wat nonchalant zijn schouders op.

'Dat is geen verrassing. Er zijn in het huis van Annette van Leeuwenhoek beslist wel vingerafdrukken van Harry te vinden. Hij was er op visite.'
Vledder keek hem onderzoekend aan.
'En de vingerafdrukken op de pook?'
Ad van Ishoven, de chef van de administratie, legde met veel misbaar een rekening voor De Cock neer.
'Die betaal ik niet,' riep hij wat opgewonden. 'Daar begin ik niet aan. Daar is de kleine kas niet voor.'
De Cock keek gestoord op.
'Wat is dat voor een rekening?'
Ad van Ishoven snoof.
'Van Stoffel de Graaf... vijfenzeventig gulden van een bloemenzaak in Purmerend... voor rozen.'
'Voor rozen?'
Ad van Ishoven knikte heftig.
'Hij zei, dat het in jouw opdracht gebeurde.'
De Cock pakte de rekening en frommelde hem achteloos in het borstzakje van zijn colbert. Daarna gaf hij de administrateur beminnelijk een teken dat hij kon gaan.
'Ik bekijk het wel,' riep hij hem na.
Vledder boog zich naar hem toe.
'De vingerafdrukken op de pook,' herhaalde hij dwingend.
De telefoon op het bureau van De Cock rinkelde. Wat geïrriteerd nam Vledder de hoorn op. 'Recherche,' snauwde hij onhoffelijk en luisterde.
De Cock keek hem scherp aan; trachtte het verloop van het gesprek van diens gezicht te lezen.
'Wat is er?' vroeg hij zacht.
Vledder hield zijn hand voor het spreekgedeelte.
'De jongens hebben de schuilplaats van Harry Donkervliet ontdekt.'
'Waar?'
'Een oude boerderij in Middelie... nog geen vijf kilometer van Purmerend.'
'Wie heb je aan de lijn?'
'Stoffel de Graaf.'
De Cock glimlachte.
'Zeg dat je komt.'

Vledder rondde het gesprek af.
'Wat moet ik in Middelie?' vroeg hij, nadat hij de hoorn op het toestel had teruggelegd.
De Cock had een simpel antwoord klaar.
'Helpen bij de arrestatie van Harry Donkervliet.'
'Verdacht van moord?'
De Cock tuitte zijn lippen.
'Geen moord,' sprak hij hoofdschuddend. 'Chantage.'
Vledder keek hem enige ogenblikken nadenkend aan.
'Chantage?' herhaalde hij wat onzeker.
De Cock knikte nadrukkelijk.
'Dat is het,' sprak hij kalm. 'En vraag Stoffel eens hoe het met die rozen zit.'
Vledder aarzelde, zijn gezicht vol vraagtekens.
'En wat doe jij?'
De Cock kwam langzaam overeind en kuierde op zijn gemak naar de kapstok.
'Ik ga naar Mathilda van Lochem.'
'Wat moet je daar?'
De Cock stak zijn arm in zijn regenjas en grijnsde.
'Vragen om een nieuwe seance.'

De Cock liet zijn blik door de kamer dwalen. Het lage intieme vertrek met de zware balken aan de zoldering, de grote ronde eiken tafel met de hoge stoelen, de impressionistische schilderijen aan de wanden... het was hem inmiddels vertrouwd. Hij bedacht dat het de vierde maal was, dat hij dit pand met een bezoek vereerde. Vurig hoopte hij, dat het ook de laatste keer zou zijn.
Links van hem stond Peter Karstens. In zijn groenfluwelen slobberbroek en glanzende zwartzijden blouse vormde hij een dissonant in het gezelschap. Het had De Cock heel veel moeite gekost om de kunstenaar te bewegen hem bij zijn onderzoek terzijde te staan. 'Ik heb met jouw kapitalistische wereld niets te maken,' had hij opgewonden gezegd. Hij was pas van mening veranderd, toen De Cock hem geroerd vroeg hoe hij zou reageren wanneer het slachtoffer zijn eigen Maria was. Het had De Cock pijn gedaan zulk grof geschut te moeten gebruiken. Maar hij had geen andere keus. Hij had de schilder nodig voor zijn bewijs.
Schuin rechts van hem stond Vledder. De ontevreden trek, die de

gehele morgen zijn gezicht had ontsierd, was verdwenen. De Cock had hem op de hoogte gebracht van zijn plannen. In zijn ogen las hij de intense spanning, die hij ook zelf voelde.
Er danste een glimlach om zijn mond. Aan het eind van de lange gang, in de keuken, stonden de kopjes op het aanrecht. Ondanks heftige protesten had hij er op aangedrongen, dat de traditie van het kopje koffie voor de seance in ere moest worden gehouden. Vledder had de koffie gezet en naderhand afgeruimd, zodat de kopjes niet voor de derde keer in het sop zouden verdwijnen. Dat mocht niet, want in de keuken zat Bram van Wielingen, ervaren fotograaf en... dactyloscoop.
Bij de drie smalle ramen stonden de vrouwen, nerveus, angstig, in groepjes bijeen. Hun fluisterstemmen verstomden toen De Cock in een theatraal gebaar zijn armen schuin omhoog stak. 'Ik bied u mijn verontschuldigingen aan. Ik heb u allen misleid.' Hij wees links van zich. 'Deze man is geen spiritistisch medium, zoals ik hem aan u heb voorgesteld. Zijn naam is Peter Karstens. Hij is een befaamd kunstschilder, die vrijwel alle gangbare technieken en stijlen beheerst.' Hij gebaarde naar de wanden. 'Vele van deze unieke werken, zo heeft hij mij verzekerd, zijn van zijn hand.' De Cock wachtte even. Zijn scherpe blik tastte de gelaatstrekken van de vrouwen af, maar de reactie op hun gezichten was gering.
'Er wordt hier vandaag,' zo ging hij verder, 'dus geen seance gehouden... althans geen seance, zoals in dit vertrek gebruikelijk is. Ik heb u hier bijeen laten komen, om het heengaan van Zwarte Sophie, Jennifer Jordan en Annette van Leeuwenhoek te herdenken... drie vrouwen uit uw kring, die op een gewelddadige wijze het leven lieten.'
De Cock pauzeerde even en likte aan zijn drooggeworden lippen.
'De vrouw, die hen vermoordde, staat in uw midden... en ik weet wie zij is.'
Er volgde een heftig gemurmel. De vrouwen keken elkaar aan. Geschokt. Opnieuw leken zij een gesloten eenheid. Agatha van Keulen stapte naar voren. Haar ogen schoten vuur. Ze klemde haar lippen op elkaar.
'Als u dan weet wie zij is,' riep ze fel, 'waarom arresteert u haar dan niet?'
De Cock keek haar gespannen aan.
'Ik wil, dat jullie haar zelf aanwijzen.'

Agatha van Keulen was verbijsterd.
'Wij?'
De Cock knikte. Met een simpel handgebaar wees hij Agatha van Keulen terug naar haar plaats bij de vrouwen in de rij.
'Mannen,' vervolgde hij belerend, 'letten in de regel niet zo op de sieraden, die andere mannen of vrouwen dragen. Mannen dragen ook minder sieraden. Misschien zijn ze minder ijdel... misschien ook uiten zij hun ijdelheid op een andere manier. Mijn ervaring is, dat vrouwen meestal deksels goed weten welke sieraden door anderen worden gedragen.
De Cock zweeg. Opnieuw gleed zijn blik langs de vrouwen.
'Het gif,' ging hij na een poosje verder, 'waarmee Zwarte Sophie en Jennifer Jordan werden vermoord, was verborgen in een ring... een gifring, een zeldzaam exemplaar, heel oud, bezet met rode saffiertjes. Tijdens de beide moorden heeft de moordenares die ring gedragen...'
De vrouwen staarden enkele ogenblikken verbijsterd in het niets. Hun monden open. De gang van hun denkproces was van hun gezichten te lezen. Ineens ontstond er onder hen beroering. De vrouwen schoven uit elkaar. Er was er slechts een, die zich niet bewoog. Ze stond in het midden... alleen. Ze zag inbleek en haar lippen trilden. De Cock keek haar aan. Ze droeg een donker pakje van eenvoudige snit. Het leek op het uniform van het Leger des Heils zonder distinctieven. Langzaam liep De Cock op haar toe.
'Christine van der Waal,' sprak hij hees, 'ik arresteer u wegens moord... meermalen gepleegd.'

17

Er werd gebeld.
De Cock en zijn vrouw liepen samen naar de deur van hun woning. Op de stoep stond Stoffel de Graaf. Hij zag er onberispelijk uit in een donkerblauw kostuum met een parelgrijze das. Tussen snor en baard lag een vriendelijke grijns.
'Kom binnen,' riep De Cock hartelijk.
Stoffel haalde zijn rechterhand van achter zijn rug en bood mevrouw De Cock een grote bos fraaie rode rozen aan.

Mevrouw De Cock bloosde.
'Ze zijn prachtig,' sprak ze bewonderend en liep er koesterend mee naar de keuken.
Stoffel keek De Cock lachend aan.
'Die hield ik over.'
'Waarvan?'
Stoffel gebaarde achteloos.
'Van die vijfenzeventig gulden, die ik voor rode rozen dacht kwijt te zijn.'
De Cock fronste zijn wenkbrauwen.
'Waarvoor?'
Stoffel de Graaf grinnikte.
'Ik vind dat schaduwen maar een stom werk.' Het klonk een beetje minachtend. 'En die Viola Wijngaard is een beer van een meid... een plaatje... een stuk met alles d'r op en d'r an. Toen dacht ik: ik schaduw haar niet... ik maak haar het hof. Met een bos rozen in de hand heb ik bij haar aangebeld en mijn prevelementje gemaakt... dat ik verliefd was en zo. Nou... toen vond ze het op het laatst helemaal niet gek, dat ik steeds met mijn auto bij haar voor de deur stond.' Hij grinnikte opnieuw. 'Gistermiddag kwam ze naar buiten. Ze had duidelijk haast. Op een holletje liep ze naar haar wagen. Ik stapte op haar toe en sprak haar aan.'
'Met rozen?'
Stoffel gniffelde.
'Natuurlijk... met rozen. Ze zei, dat ze geen tijd voor mij had en reed weg. Ger van Lint volgde haar onmiddellijk. En ik ging weer achter Ger aan.'
'Tot aan de boerderij.'
Stoffel de Graaf knikte.
'Het was kinderlijk eenvoudig.'
De Cock klopte de 'Reus van de Warmoesstraat' op zijn schouder en ging hem voor naar de huiskamer, waar de anderen al zaten.
De Cock had Dick Vledder, Stoffel de Graaf en Ger van Lint uitgenodigd voor een avondje bij hem thuis om opening van zaken te geven. Hij deed dat altijd wanneer een ingewikkelde zaak tot een oplossing was gekomen.
De Cock schonk een verrukkelijke cognac in diepbolle glazen, mevrouw De Cock serveerde schalen met louter lekkernijen en in de open haard knapperde een gezellig vuur.

De Cock hief zijn glas.
'Op de misdaad,' riep hij vrolijk.
Mevrouw De Cock keek hem bestraffend aan.
'Op de misdaad toost men niet.'
De Cock keek verbaasd om zich heen.
'Zonder misdaad hadden wij rechercheurs geen bestaan.'
De Graaf en Van Lint lachten hartelijk. Vledder niet. Hij staarde wat somber voor zich uit. Hoewel hij het onderzoek naar de moorden in het huis aan de gracht van het begin af had meegemaakt, vatte hij de samenhang niet. Dat kwelde hem. Hij boog zich wat naar voren en keek De Cock onderzoekend aan.
'Stoffel, Ger en ik,' begon hij, 'hebben gisteren in een oude boerderij in Middelie Harry Donkervliet gearresteerd. De grond voor die arrestatie, zei jij, was chantage. Wie chanteerde hij dan?'
De Cock nam met welbehagen een slok van zijn cognac en voelde hoe de nectar fluweelzacht langs zijn keel gleed. Hij zette het glas neer en bracht zijn vingertoppen tegen elkaar.
'De kwade genius in deze gehele affaire,' sprak hij ernstig, 'is Annette van Leeuwenhoek. Alle puur misdadige ideeën ontstonden in haar verziekt brein. Er wordt gefluisterd, dat zij haar eerste man heeft vergiftigd. In hoeverre dat gerucht een grond van waarheid heeft, speelt nu geen rol meer. Annette van Leeuwenhoek zal inmiddels wel geoordeeld zijn door Hem, die alle feiten kent... ook zonder recherche.'
Hij zweeg even; zocht naar een zinnige voortzetting van zijn betoog.
'Aan de basis van vrijwel elk misdadig gedrag ligt een moment van liefdeloosheid. Dat is een kreet, waarin ik steeds meer begin te geloven. Dat moment van liefdeloosheid brak aan, toen Jennifer Jordan Christine van der Waal weigerde geld te lenen om een serviceflat te kopen.'
Vledder reageerde wat verward.
'Een serviceflat?'
De Cock knikte nadrukkelijk.
'Ruim vier jaar geleden,' legde hij uit, 'stierf de vader van Christine van der Waal. Door een wat onverstandig... misschien wel overmoedig zakelijk beleid had hij vele schulden gemaakt. Om zijn meubelbedrijfje van een faillissement te redden, had hij een zware hypotheek op zijn huis genomen. Na zijn dood bleek zijn vrouw

niet in staat de lasten van die hypotheek te dragen. Ze riep de hulp van haar dochter in.
Christine van der Waal wilde haar oude moeder voor de rest van haar leven geborgen zien. Een serviceflat leek haar ideaal. Christine van der Waal bezat geen eigen vermogen. Ze ontving voor haar inspanningen in het huis aan de gracht geen salaris. Het lag dus min of meer voor de hand, dat zij aan de schatrijke Jennifer Jordan een lening vroeg.'
Mevrouw De Cock keek naar haar man op.
'Jennifer Jordan weigerde.'
De Cock zuchtte diep.
'En daarmee begon het. Christine van der Waal maakte tijdens een van de seances Annette van Leeuwenhoek deelgenoot van haar zorgen. Ze vertelde ook, dat Jennifer Jordan niet bereid bleek haar een lening te verschaffen. Annette van Leeuwenhoek had onmiddellijk een oplossing voor alle problemen.'
Vledder reageerde scherp.
'Wat voor een oplossing?'
De Cock grijnsde.
'Haar redenering was simpel... wat heeft een vrouw aan fraaie schilderijen... als zij ze toch niet kan zien? Annette van Leeuwenhoek, die wel iets van de schilderkunst wist, had al eerder een begerige blik geworpen op de paar echte impressionisten aan de wanden in het huis aan de gracht. Ze zei tegen Christine van der Waal, dat die schilderijen veel geld waard waren. Ze zei ook, dat ze wel iemand wist die schilderijen zo goed vervalste, dat vrijwel niemand ze van de echte kon onderscheiden... zeker een blinde vrouw niet.'
Vledder knikte begrijpend.
'Peter Karstens.'
De Cock glimlachte.
'Precies... vriend Peter. Annette van Leeuwenhoek gaf hem de opdracht om twee Renoirs en een Monet te maken. Op een tijdstip, dat Jennifer Jordan, begeleid door haar neef, een concert bijwoonde, werden de schilderijen aan de wanden verwisseld.
Annette van Leeuwenhoek, die voor de verkoop van de echte impressionisten zou zorg dragen, pleegde onmiddellijk bedrog. Ze verkocht de twee Renoirs en behield de echte Monet. Zelfs van het geld, dat de beide Renoirs opbrachten, hield ze een groot gedeelte

achter en gaf de rest aan Christine van der Waal. Dat bedrag was echter nog ruim voldoende om voor haar moeder de zo begeerde serviceflat te kopen.'
Ger van Lint onderbrak hem.
'Merkte de neef bij zijn thuiskomst de verwisseling van de schilderijen niet op?'
De Cock schudde zijn hoofd.
'Het viel niemand op. Toen de dames van de spiritistische kring bij de volgende seance weer te zamen waren, was er niemand, die iets van de verwisseling bemerkte.' De Cock grinnikte. 'Ik verzeker jullie... Peter Karstens is een vakman.'
Vledder wuifde wat ongeduldig.
'Wanneer kwam Harry Donkervliet in het spel?'
De Cock antwoordde niet direct. Hij reikte naar zijn glas en nam nog een slok van zijn cognac.
'Het was opnieuw Annette van Leeuwenhoek, die met een plan kwam. De rijke Jennifer Jordan bezat buiten de fraaie schilderijen nog een kostbare postzegelverzameling.'
Vledder knikte.
'Daar sprak Smalle Lowietje al over.'
De Cock snoof.
'Annette van Leeuwenhoek volgde dezelfde redenering... wat heeft een vrouw aan een postzegelverzameling... als ze die verzameling toch niet kan zien? Ze zorgde voor een aantal waardeloze postzegels en verruilde die voor zeer waardevolle exemplaren.'
Mevrouw De Cock schudde verbijsterd haar hoofd.
'Duivelsgemeen.'
De Cock knikte traag.
'Dat was het. Maar het edele tweetal had nu toch duidelijk een fout gemaakt.' Hij zweeg even voor het effect. 'Harry Donkervliet, die niets van schilderijen wist... wist alles van postzegels. Hij bemerkte na enige tijd, dat er uit de collectie kostbare exemplaren waren verdwenen. Hij riep op een avond Christine van der Waal ter verantwoording. Na het dreigement dat hij tante Jennifer op de hoogte zou brengen, biechtte Christine hem alles op... ook de verwisseling van de kostbare schilderijen.'
Vledder lachte bevrijd.
'Harry Donkervliet had een goudmijntje aangeboord.'
De Cock strekte zijn vinger naar hem uit.

'Precies... neef Harry, die door zijn tante zeer krap werd gehouden en voortdurend in geldnood verkeerde, chanteerde Christine van der Waal en Annette van Leeuwenhoek.'
Vledder lachte opnieuw.
'En van dat geld kocht hij voor zijn Viola een flatje in Purmerend.'
De Cock streek met zijn hand over zijn gezicht.
'Dief en diefjesmaat. En nog was er geen wolkje aan hun criminele horizon. Ze hadden nog lange tijd onbekommerd en ongestoord met hun praktijken kunnen doorgaan als... als Jennifer Jordan geen oogarts had gevonden die bereid bleek om met een operatie haar het gezichtsvermogen terug te geven.'
Stoffel de Graaf plukte aan zijn baard.
'Toen raakte het drietal in de problemen.'
De Cock knikte hem toe.
'En het was weer Annette van Leeuwenhoek, die een oplossing wist... het medium Jennifer Jordan mocht nooit meer ziende worden.'
Mevrouw De Cock schoof naar het puntje van haar fauteuil.
'Wat een serpent.'
De Cock trok zijn gezicht in een ernstige plooi.
'Op dat moment was het fundament voor de latere moorden gelegd. Annette van Leeuwenhoek stelde vergif voor. Vermoedelijk omdat ze daarmee al eerder succes had gehad. Christine van der Waal aarzelde. Ze vond het idee van moord aanvankelijk nog wat griezelig. Maar Annette van Leeuwenhoek drong sterk aan. Uiteindelijk stemde Christine toe. Zij zou de uitvoering ter hand nemen als... als het maar een snelwerkend vergif was, zodat Jennifer niet echt behoefde te lijden.'
Ger van Lint viel hem in de rede.
'En Harry Donkervliet?'
De Cock gebaarde in zijn richting.
'Tot zijn verdediging moet ik zeggen, dat Harry Donkervliet van deze beraadslagingen tot moord niet op de hoogte was gebracht. Men hield hem er buiten en wel om de simpele reden, dat ook hij op hun lijstje stond.'
Mevrouw De Cock slikte.
'Om te worden vermoord?'
'Inderdaad. Het tweetal vond, dat zij lang genoeg aan zijn chantagepraktijken onderworpen waren geweest.'

Vledder trok denkrimpels in zijn voorhoofd.
'Ik begrijp er niets van. Waarom werd Zwarte Sophie dan vermoord?'
De Cock liet zijn hoofd wat zakken.
'De moord op Zwarte Sophie heeft mij heel wat hoofdbrekens gekost,' sprak hij vermoeid. 'Ik moet jullie eerlijk zeggen, dat ik er niets van begreep. En wat ik ook ondernam... ik kon voor de moord op haar geen enkel motief vinden. Het leek volkomen zinloos. Geloof me... ik heb er slapeloze nachten van gehad. Op het laatst dacht ik... is er wel een motief? Stierf Zwarte Sophie niet bij toeval? Was de moordaanslag wel op haar gericht? Was er geen vergissing in het spel? En als er een vergissing was... hoe had die kunnen plaatsvinden?' Hij zweeg even en trok een pijnlijk gezicht. 'Ik ben toen alle dames van de spiritistische kring gaan vragen hoe zij hun koffie dronken. En wat bleek mij? Jennifer Jordan en Zwarte Sophie zaten aan de ronde eiken tafel niet alleen naast elkaar, maar zij gebruikten ook hun koffie op dezelfde wijze... met veel melk en veel suiker.'
Mevrouw De Cock tikte haar man op zijn knie.
'Dat begrijp ik niet... Jennifer Jordan en Zwarte Sophie dronken beiden hun koffie met veel melk en veel suiker. Wat betekent dat?'
De Cock boog zich iets naar haar toe.
'Dat de beide kopjes er wat de inhoud betreft volkomen gelijk uitzagen... dat juist die kopjes konden zijn verwisseld. Iemand die zijn koffie zwart drinkt, zal niet grijpen naar een kopje koffie met veel melk. Daar blijft hij van af. Maar wanneer de inhoud volkomen gelijk is...' Hij staarde even voor zich uit. 'De kopjes zijn ook verwisseld. Waarom Zwarte Sophie het kopje van Jennifer Jordan nam, zal wel voor eeuwig een raadsel blijven. Misschien was haar kopje niet helemaal schoon... was er bij de afwas een restje lippenstift op de rand achtergebleven. Misschien was het kopje van Jennifer wel voller. Bedenk, dat Zwarte Sophie door haar late komst haar eerste kopje koffie had gemist. Hoe het ook zij... Zwarte Sophie koos onbewust voor de dood.
Christine van der Waal, die vanmorgen een volledige bekentenis heeft afgelegd, vertelde mij, dat ze tot haar verbijstering zag dat Zwarte Sophie het kopje van Jennifer nam... de koffie met het vergif. Ze had op dat moment willen opstaan... schreeuwen... maar ze was zo verlamd door schrik, dat ze in ontzetting toezag

hoe Zwarte Sophie voor haar ogen stierf.' De Cock klemde zijn lippen op elkaar. Zijn gezicht kreeg een verbitterde uitdrukking. 'Wel snel en pijnloos... zoals ze had gewild, dat het gif zou werken.'
Vledder keek hem bewonderend aan.
'Door die gedachte aan een verwisseling kon je met reden concluderen dat de moordaanslag, die Zwarte Sophie velde, in feite was gericht op het medium Jennifer Jordan.'
De Cock beet peinzend op zijn onderlip.
'Ik had toen misschien moeten ingrijpen, maar ik had voor mijn theorie geen enkel bewijs. Het was een vermoeden... meer niet. Bovendien wist ik niet van welke kant het gevaar kwam. Toen Jennifer Jordan een paar dagen later werkelijk stierf, had ik het gevoel dat ik had gefaald. Ik was kwaad op mijzelf... woedend om mijn onvermogen om op tijd de dader of daderes te vatten. Terecht noemde Marretje van der Vaart mijn speechje in het huis aan de gracht tegen de vrouwen van de kring 'een toespraak van de onmacht'.
Toch kreeg ik op vrijwel datzelfde moment het idee, dat ons tot de oplossing voerde. Mathilda van Lochem had mij verteld dat Jennifer Jordan de komende maand door professor Hemminga in Groningen zou worden geopereerd en weer zou kunnen zien. De vraag was dus niet... waarom vermoordt men een blinde vrouw... maar waarom vermoordt men een blinde vrouw... die binnenkort weer zal kunnen zien? Het antwoord lag voor de hand... omdat zij dan dingen zou zien, die ze niet mocht zien.'
Vledder knikte instemmend.
'De schilderijen.'
De Cock pauzeerde even. Zijn keel was droog geworden. Omzichtig schonk hij zichzelf nog eens in.
'Ik had de schilderijen in het huis aan de gracht gezien en ik wist, dat ze heel goed waren. Ik bedoel... als het vervalsingen waren, dan waren ze perfect. Er was maar één man, die ik in staat achtte een dergelijke perfectie te bereiken... Peter Karstens.
Tijdens een kostelijk bezoek aan zijn atelier vertelde Peter mij, dat Annette van Leeuwenhoek bij hem imitaties had besteld van twee Renoirs en een Monet.' Hij glimlachte. 'Toen kwam er eindelijk licht in de zaak.'
Stoffel de Graaf boog zich naar hem toe.

'Wat zei Annette daarvan?'
De Cock schudde zijn hoofd.
'Ik vertelde het haar niet. Wel liet ik tijdens ons bezoek aan haar duidelijk merken dat ik geïnteresseerd was in Franse impressionisten. Vermoedelijk heb ik haar angstig gemaakt, want onmiddellijk na ons bezoek bracht ze de echte Monet, die ze had achtergehouden, naar Peter Karstens. Ze wist uiteraard niet dat ik al contact met hem had gehad.
Ik leende de Monet van Karstens en liet met een smoes het schilderij aan Christine van der Waal zien. Op dat moment moet Christine hebben begrepen dat haar spel uit was. Bovendien drong het tot haar door dat Annette van Leeuwenhoek haar had bedrogen. In enkele momenten van helderheid zal ze beseft hebben dat Annette van Leeuwenhoek in feite verantwoordelijk was voor alle ellende waarin ze was verzeild. Ze besloot met haar af te rekenen. Heel koelbloedig. Ze begreep, dat ze met vergif bij de geslepen Annette geen kans maakte.'
Vledder slikte.
'Daarom gebruikte ze de zware pook.'
De Cock plukte aan zijn onderlip.
'Bram van Wielingen heeft haar vingerafdrukken op haar koffiekopje vergeleken met die van de pook uit Bussum. Ze kwamen overeen.'
Een tijdlang zwegen allen... ieder bezig met zijn eigen gedachten. Het was Stoffel de Graaf die de stilte verbrak.
'Als ik het goed begrijp, dan heeft Harry Donkervliet met die hele moordenreeks niets te maken.'
De Cock schudde zijn hoofd.
'Hij is niet medeplichtig... of iets dergelijks. Maar reeds bij de dood van Zwarte Sophie begreep hij wie daar de hand in had. Dat is ook de reden waarom hij op zoek ging naar die gifring. Zijn arrestatie kwam hem niet eens ongelegen... hoe vreemd dat ook klinkt. Hij was ook niet verbaasd toen hij vernam dat zijn tante het volgende slachtoffer was. Hij begreep alleen, dat hij met twee deksels gevaarlijke vrouwen te doen had.'
Mevrouw De Cock glimlachte.
'Daarom verdween hij?'
De Cock knikte.
'Hij ging na zijn vrijlating eerst naar Annette van Leeuwenhoek.

Hij vertelde van de gifring en maakte duidelijk dat hij het spelletje van de beide vrouwen doorzag. Bovendien liet hij merken dat hij niet van plan was hun volgend slachtoffer te worden.'
Vledder keek De Cock wat schuins aan.
'Waarom zou Annette van Leeuwenhoek ons van die gifring hebben verteld?'
De Cock gebaarde hulpeloos.
'Ik weet het niet zeker... en we kunnen het haar ook niet meer vragen... maar ik denk om in een laatste poging de hele schuld van de moorden op Christine van der Waal te schuiven... uiteindelijk was zij de vrouw die het dodelijk gif werkelijk had toegediend.'
Er viel opnieuw een stilte. Mevrouw De Cock verdween naar de keuken en kwam terug met een nieuwe voorraad lekkernijen. De Cock schonk nog eens in. Het gesprek werd algemener. De gruwelijke moorden in het huis aan de gracht raakten wat op de achtergrond.
Vledder zat wat onderuitgezakt in zijn fauteuil. Hij deed aan de gesprekken niet mee. Plotseling stond hij op en kwam naast De Cock staan.
'Tijdens de tweede seance, in tegenwoordigheid van onze commissaris en de officier van justitie, wees het kruis en bord Harry als dader aan. Christine van der Waal heeft later uitgelegd waarom de uitslag van het kruis- en bordspel fout was. Ik vond haar uitleg heel aannemelijk.' Hij zweeg even en stak zijn rechterwijsvinger omhoog. 'Bij die eerste seance kwam 'Sjaan sterft' op het bord. Zie je, dat frappeerde mij toch. Niemand van de spiritistische kring kon op dat moment weten dat Sjaan Streuffels per ongeluk zou sterven. Begrijp je... hier was vals spel uitgesloten. De aankondiging van Sjaans dood moet uit het hiernamaals zijn gekomen.'
De Cock slikte. Zijn gezicht stond ernstig.
'Er is meer tussen hemel en aarde... dan wij vermoeden.'
Vledder keek hem onderzoekend aan. Zijn blik tastte de hem zo vertrouwde gelaatstrekken af.
'Dat zeg jij?' vroeg hij wantrouwend.
De Cock schudde zijn hoofd.
'Shakespeare... in Hamlet.'

(47)

BAANTJER

De Cock en een dodelijk rendez-vous

Rechercheur De Cock (met ceeooceeka) van het aloude politiebureau aan de Amsterdamse Warmoesstraat raakt op een late avond met zijn medewerker Vledder betrokken bij een moord op de Wallen. Al speelt deze misdaad zich af in de voor De Cock o zo vertrouwde buurt, met getuigen als Smalle Lowietje, Witte Gijssie en Brabantse Truus binnen handbereik, toch duurt het lang voor hij enige klaarheid over deze moord kan verschaffen, een moord die niet op zichzelf staat, maar het begin is van wat wel op een moordepidemie lijkt.

De volgende boeken van Baantjer zijn bij de Fontein verschenen:

1 1963 De Cock en een strop voor Bobby
2 1965 De Cock en de wurger op zondag
3 1965 De Cock en het lijk in de kerstnacht
4 1967 De Cock en de moord op Anna Bentveld
5 1967 De Cock en het sombere naakt
6 1968 De Cock en de dode harlekijn
7 1969 De Cock en de treurende kater
8 1970 De Cock en de ontgoochelde dode
9 1971 De Cock en de zorgvuldige moordenaar
10 1972 De Cock en de romance in moord
11 1972 De Cock en de stervende wandelaar
12 1973 De Cock en het lijk aan de kerkmuur
13 1974 De Cock en de dansende dood
14 1978 De Cock en de naakte juffer
15 1979 De Cock en de broeders van de zachte dood
16 1980 De Cock en het dodelijk akkoord
17 1981 De Cock en de moord in seance
18 1982 De Cock en de moord in extase
19 1982 De Cock en de smekende dood
20 1983 De Cock en de ganzen van de dood
21 1983 De Cock en de moord op melodie
22 1984 De Cock en de dood van een clown
23 1984 De Cock en een variant op moord
24 1985 De Cock en moord op termijn
25 1985 De Cock en moord op de Bloedberg
26 1986 De Cock en de dode minnaars
27 1987 De Cock en het masker van de dood
28 1987 De Cock en het lijk op retour
29 1988 De Cock en moord in brons
30 1988 De Cock en een dodelijke dreiging
31 1989 De Cock en moord eerste klasse
32 1989 De Cock en de bloedwraak
33 1990 De Cock en moord à la carte
34 1990 De Cock en moord in beeld
35 1991 De Cock en danse macabre
36 1992 De Cock en een duivels komplot
37 1991 De Cock en de ontluisterende dood
38 1992 De Cock en het duel in de nacht
39 1993 De Cock en de dood van een profeet
40 1993 De Cock en kogels voor een bruid
41 1994 De Cock en de dode meesters
42 1994 De Cock en de sluimerende dood
43 1995 De Cock en 't wassend kwaad
44 1995 De Cock en het roodzijden nachthemd
45 1996 De Cock en moord bij maanlicht
46 1996 De Cock en de geur van rottend hout
47 1997 De Cock en een dodelijk rendez-vous
48 1997 De Cock en tranen aan de Leie
49 1998 De Cock en het lijk op drift
50 1998 De Cock en de onsterfelijke dood
51 1999 De Cock en de dood in antiek
52 1999 De Cock en een deal met de duivel
53 2000 De Cock en dood door hamerslag
54 2000 De Cock en de dwaze maagden
55 2001 De Cock en de dode tempeliers

Andere titels van Baantjer:
Rechercheur Versteegh en de dertien katten
Misdaad in het verleden
Een Amsterdamse rechercheur
Rechercheur Baantjer van Bureau Warmoesstraat vertelt, deel 1 t/m 10

Verkrijgbaar bij de boekhandel